JN263949
くちづけで
世界は変わる
illustration HARUKA MINAMI

くちづけで世界は変わる

A kiss changes the world.

神楽日夏

HINATSU KAGURA presents

KAIOHSHA ガッシュ文庫

イラスト★みなみ遥

CONTENTS

★本作品の内容はすべてフィクションです。
実在の人物・地名・団体・事件などとは一切関係ありません。

くちづけで世界は変わる

—Lully—

リュリはまだ、海を見たことがない。

館《やかた》の二階のバルコニーに出て、せいいっぱい背伸びをしてみても、背の高い城壁に視界はさえぎられてしまう。

その城壁の外側には貴族ではない市民が暮らす街があり、そのまた外に築かれた強固な砦《とりで》を抜けた向こうに、海は広がっているのだそうだ。

ちいさな島国だというこの帝国をぐるりと囲む一面の青い水。

——海。

それは、どんな眺めなのだろう。

その海に浮かぶ船団の勇姿が見えたらいいのにと、子供みたいに背伸びをしながらリュリは思う。

今頃《いまごろ》帝国を目指し、大海原を駆けている船にカイルが乗っているのだ。

予定では、帰国は今日の夕刻か。

明日にはきっと元気な姿を見せてくれるし、それからリュリに笑いかけて、海がどんな様子だったのか、話して聞かせてくれるはず。

黒い髪と黒い瞳《ひとみ》を持つカイルから雄々しい笑顔を向けられると、いつでも力づけられる気がした。

なつかしいその笑顔を思い浮かべただけで、リュリの胸の鼓動が高鳴る。

彼と出会って友達になったのは、六歳のときのこと。卒業までの十年を学校で共にすごす間に、カイルが教えてくれたことと与えてくれた大事な言葉、それから楽しい思い出は数えきれないほどあった。

伯爵家の末子に生まれたリュリは、もうじき十八歳になる今も、小柄で頼りなげな体格のままだ。目の青も髪の金色もぼんやりとした色合いで、美貌《びぼう》で名高いルルフォイの末裔《まつえい》とは信じがたいほどの凡庸《ぼんよう》な印象だろうと自覚している。

幼い頃から自分に自信が持てなくて、態度はおどおどしていたし。なんの取り柄もない上に、出自のせいで人目を引きたくなかったから、人の陰《かげ》に隠れてうつむくばかりで。

そんなリュリを励《はげ》まして、どんなときでもカイルはそばにいてくれた。

リディウス公爵家の嫡子《ちゃくし》だからというだけじゃなく、帝国貴族にふさわしい端正な容姿や明晰《めいせき》な頭脳、それに公明正大な性格で、周囲から常に一目置かれていた彼が、リュリを親友として扱ってくれたのだ。

カイルが誓ってくれた友情は、リュリにとって、かけがえのない宝物だ。

——本当は、学校を卒業したあとも、ずっと一緒にいたかったのに。

リュリが生まれ育った帝国は、皇帝陛下《へいか》のおわす宮廷をちいさな島に置いてはいるが、海の彼方《かなた》に多くの国々を従えている。

いずれ公爵家を継いで陛下の重臣となるカイルは、将来の務めのために卒業後の二年間、海外の領地を視察する義務があった。

リュリだってほかの貴族の子弟と共に、視察の旅に同行したかった。

けれど、ルルフォイ伯爵家の者には特別な事情があるため、長旅の一行に加わることは許されない。

だから、この二年というもの、歯がゆい思いを抱えつつ、ただひたすらに彼の帰国を待ち焦《こ》がれていた。

——風が強いと、船は速く進むのだろうか。

速く進んでカイルを無事に、この帝国の大地まで送り届けてくれるだろうか。

大きな瞳を同じ色の空に向けて、リュリは見えない海に思いを馳《は》せる。

吹きつける風に、首筋にからみつく長さの髪を乱しながら、ゆるやかに折り返した上衣の襟元《えりもと》を探り、首にかけた鎖をたぐり寄せた。

服の下にひそかに隠した鎖には、指輪を通して下げている。

銀の台座に紫色の大きな宝石を嵌《は》め込んだそれは、リディウス公爵家に代々伝わるという貴重な品だ。

『僕が無事に戻ってくるまで、リュリが預かっていてくれ』

二年前に旅立つカイルを見送る際に、彼から渡された指輪を、リュリはちいさなこぶしの中に握り締め、あどけない唇を引き結ぶ。

「カイル、この二年の間に僕も勉強したよ。航海術も習ったから、きっとどこにでもついていける……」

一人取り残される別離の悲しみに耐えて、彼を見送った、あの日。

涙ぐむリュリを抱きしめて、カイルは約束してくれた。

『いつか、リュリにも海を見せてあげる。僕が帰ってきたあとは、船に乗って旅をして、一緒に外の世界を見てまわろう』

再び会えたらそのときはもう、二度と離れることはない。二人で広い海を見て、自由な旅に船出しよう、と。

帰国を待つ二年の間、夢のようなその約束を、リュリは片時も忘れたことはない。

◆

リュリが学校で習った歴史によると、かつて、この世は一度滅びたという。

地続きの大陸に疫病《えきびょう》が蔓延《まんえん》し、海に守られた島国の帝国のみが生きながらえたと。

他国との交易があった時代のこと、帝国にも病が持ち込まれはしたが、すぐれた医学の発達により、多くの民が救われた。

それから長きにわたって鎖国が続く中、皇帝の命《めい》により、ありとあらゆる病を撲滅するための研究が進められていく。

幾世代かを経《へ》たのちに、帝国の船団が再び海へと出ていったのは、いまだ世界のどこかにひそんでいる疫病を根絶させるため。

船が辿《たど》り着いた土地で、生き残った他種族の子孫と邂逅《かいこう》するものの、文明が破壊された大陸は暴力に覆われていた。

皇帝の医師団は、ときに攻撃を受けつつも、軍隊に守られて旅を続け、医術を広める。

武力を行使するのではなく、その地の人々に健康と長寿を授けることで、帝国は各国を支配下に納めていったのだ。

現代においてもなお、新たな疫病の発生を予防するため、帝国の医学研究者の一団は、常に世界各地を巡っている。

宮廷で側近《そば》くに仕える重臣たちも、広い世界の実情を知らなくてはいけないという陛下の意向を受けて、貴族の子弟は成人までの二年間、軍艦に乗せられて海外に送り出される習わしになっていた。

帝国の未来を担う若者たちを乗せた、その船団が今回も無事に視察の旅から戻ってきた。彼らをねぎらうために明日、宮廷では皇帝陛下の御前祝賀会が催される。

これは帝国内のすべての貴族が招かれる恒例の行事だ。

リュリも一応は伯爵家の者だから、父に頼んで連れていってもらえば、帰国したばかりのカイルと、すぐにも会えると思っていたのに。

「——連れていけないって、どうして!?」

抗議の声をあげるリュリの前で、父と母は困った顔を見合わせた。

「どうしてだめなの、父上」

「リュリ。お父様と私がなにを案じているか、おまえにもわかっているでしょうに」

口を開いたのは母が先だった。

なだめるようなやさしい声が、天井まで届く書物の壁に反響する。

四方の壁が本棚になった図書室には、特別に掃除でも言いつけない限り、召使いたちが近づくこともないから、公の場では纏《まと》うヴェールを、ここでは母もとっていた。

机の向こうに腰かけた父の傍らに寄り添って立つ、その姿は優美そのものだ。

ルルフォイの血統を正しく受け継いだ母は、銀色に輝く髪を結いあげて、紫の瞳をきらめかせている。

高い襟で咽喉元《のどもと》を、長い袖《そで》で手の甲までを覆い、極力肌を隠しているが、瞳の色に合わせた紫のドレスを纏う姿は、子の目から見ても美しい。

――『ルルフォイの民』。

それはいにしえ、海の彼方の異国で滅びかけていた一族だ。

真珠の肌に銀細工の髪、紫水晶《むらさきずいしょう》の瞳を持つ、世にもまれな美貌を備えた種族の滅亡を惜しみ、生き残ったすべての者を、ときの皇帝が帝国に移住させたという。

帝国の民と認められてから五世代目となった今も、ルルフォイの末裔は、なかば伝説めいた存在だ。

目にした者の心を奪い、惑わせる。それゆえ、血族と伴侶《はんりょ》以外の者には容易に姿を見せてはならないと、皇帝陛下より直々に戒《いまし》められたほどの美しさなのだ。

その美と向かい合うたびに、リュリの心は痛む。

一族の者とは言いがたい身体《からだ》に生まれついてしまった、己を恥じて。

傍目《はため》から見れば、決して醜いわけではない。むしろ可愛《かわい》らしい顔立ちなのに、幼い頃から抱える劣等感のせいで、リュリはいつでもうつむきがちに、他人の目から自分の姿を隠そうとする癖がある。

選ぶ服の色もほとんどが地味な茶色だ。腰を帯で締めてはいるが、膝上《ひざうえ》までの長さの上衣も、その内側に着けている下衣もゆったりとした大きさで、ともかく身体の線がはっきりしない服しか着ない。

常に人目をはばかるリュリの態度は、優雅に振る舞う両親のどちらにも似ていない。

成人したあとだって、二人のように堂々とした大人《おとな》にはきっとなれないだろうと、己を打ちのめす考えばかりが浮かんでしまう。

「リュリ、おまえはじきに十八歳の誕生日を迎える。一生のうちで最も大きな変化が起こる大事なときだ。この時期に大勢の人が集まる場所に連れていくわけにはいかない」

母に次いで、重々しい口調で父も言う。

濃い藍色《あいいろ》の天鵞絨《ビロード》に金糸で縁取りをした長衣を纏う姿は立派だ。

黒髪に黒い目をした父は子爵家の次男に生まれて、ルルフォイ伯爵家に婿《むこ》に入ったが、生粋《きっすい》の帝国人種である。

つまり、生まれたときから男女の性別が明確な種族で、子供の頃に男だった父は、成人後も変わらずに男性でいられる。

——母のほうは、父の妻となるまでは、性別を持たなかったというのに。

ルルフォイの民は帝国人とは外見からして異なっているが、身体の機能も違う。

性別を持たずに育ち、十八歳の誕生日前後に発情期に入るのだ。

ただ一人の運命の相手を選び、その相手との交情可能な肉体に変化するために。

そして、それまでは髪も目もくすんだ色の容姿でいたのが、発情期を境に、ルルフォイの特徴が濃く表れた美しい姿かたちに変貌《へんぼう》する。覆いを取り除かれて、その下に隠されていた真の姿があらわになるように。

そういった特殊な事情があるがゆえに、成人の日が近づいたルルフォイの末裔は行動を制限される。

『発情期』の意味を誤解して、誰《だれ》が相手でも淫《みだ》らな行為に耽《ふけ》るものと、あらぬ誤解をする輩《やから》もいないわけではないからだ。

発情期以外は交情自体が不可能だが、望まぬ相手との交情を強いられた場合も、ルルフォイの肉体は耐えられず、死に至るという。

だからこの時期、伴侶に選ぶ者以外との接触は、極力避けなければならない。

リュリも、途中で発情期に入る危険があるからと、カイルと共に視察の船旅に行くことは許されなかった。そればかりか、学校を卒業してからの二年間、親族宅を訪問する以外は、めったに館の外にも出してもらえない。

「それならいつまで待てばいいの？　どれだけ経《た》ったって、僕は……」

「リュリ」

母の悲しげな声にさえぎられ、あとに続けるつもりでいた言葉を呑《の》み込む。

「ごめんなさい」

素直にあやまりはしたものの、「いつまで待っても無駄なのに」と、つい本音を洩《も》らしそうになる。

五世代にわたり帝国人種との異種交配が続いたせいか、ルルフォイの肉体にも、それまでになかった変化が表れつつあった。

『一生のうちで最も大きな変化が起こる大事なとき』だと、父は言ったが。

リュリは、己の身体の秘密を理解している。

成人の日を間近に控えて、覚悟もしている。

結婚して美しい女性に変化した二人の姉とは異なり、自分には発情期も訪れず、容姿の変貌も起こらないのではないか、と。

一族の者にふさわしい美しい姿には、一生なれないかもしれない。

——運命の相手と巡り会うことも。

だけど、誰と愛し合うことが叶《かな》わなくても、大事な親友がいてくれる。そのことだけがリュリの心の支えだったのに。

「ほかの人には見られないようにする。マントのフードをかぶって顔を隠して、カイルに会えたらすぐに帰るから。——それでもだめなの？」

二年間、顔を見たくて話をしたくてたまらなかったカイルがようやく帰国した。それなのに会うこともできないなんて、淋《さび》しすぎる。

リュリは涙ぐみ、唇を噛《か》んでうつむいた。

末子だからといつまでも子供扱いされて育ったせいか、リュリの仕草はいたいけだ。幼子をいじめるようで気が咎《とが》めるのか、父も苦渋に満ちた声を出す。

「リュリ、おまえの頼みを聞いてやりたいが……」

卒業直後にカイルが旅立つまで、リュリは彼とは学校で会うことができた。

でも今は、どうすれば共にすごす時間を持てるか、それさえわからない。

幾度か彼に連れられて本邸や別邸にお邪魔したことはあるけれど、招かれてもいないのに公爵家まで押しかける勇気はなかった。

「父上、お願い。せめて、これだけでもカイルに渡させて」

涙がこぼれ落ちそうな目をしばたたき、リュリは服の下に隠していた鎖を引き出す。

その先にぶら下がった指輪をみとめて、両親は揃《そろ》って目を丸くした。

「二年前に預かったの。カイルに返さないと」

「リュリ、それは……」

「御先祖様から代々伝わる宝物なんだって。『無事に戻ってくるまで預かっていてくれ』

って言われて。大事な約束だから」

公爵家の宝を二年も隠し持っていたと今頃になって告白された両親は、唖然《あぜん》とした顔を
見合わせて慌てふためく。

「指輪を、公爵家に伝わる指輪を、リュリに……」

「カイル殿が、そのように貴重な宝をおまえに……」

「旅の無事を祈るためだから内緒にしていたの、ごめんなさい」

リュリがあやまると、父はしばしの沈黙ののち、複雑な表情で口を開いた。

「そうだったのか。――実は公爵家からは二年前に、そのことで正式にお話をいただいて
いる。おまえを、その、カイル殿と……」

「本当!?」

父の言葉に、リュリは潤んだ瞳を瞬《またた》かせる。

旅立ちの前にカイルは約束してくれた。帰国したらリュリを海へ連れていき、彼の船に乗せてくれると。

自由な外出すら許されないリュリが、船で海外へ行きたいなんて口走っても、両親はまともに受けとってはくれないだろう。でもカイルが説得してくれるなら、もう安心だ。

たった今まで泣きべそをかいていたリュリは、輝くばかりの笑顔になった。

「二年前には、リュリはまだ子供だからお約束はできないとお断りしてしまったが。おまえはカイル殿のもとへ行きたいか？」

「父上と母上のお許しがあれば！」

リュリが勢い込んで即答すると、両親はなぜだか、さらに落ち着きを失った。そわそわした態度で、それぞれが自分自身に言い聞かせるように呟《つぶや》く。

「リュリも、もう大人になるのですから。望むようにさせてあげましょう、あなた」

「そうだな。――よし、早速公爵家に使いを出そう。失礼のないように支度をせねば」

「リュリ、おいでなさい。明日、カイル殿にお目にかかるための服を選びますよ」

母に呼ばれて、元気よく「はい」と返事をし、リュリは跳ねるように衣裳《いしょう》部屋へとついていく。

マントやフードで姿を隠すにしても、宮廷へ行く以上、身なりを整えなくてはならない。めかし込んだ正装くらい苦手なものはなかったが、ともかくカイルに会えるのだ。尻込《しりご》みしそうな気持ちよりも、喜びのほうがずっと大きかったから、それくらいのことは笑顔でやりすごせると、はずむ心でリュリは思った。

◆

帝国の中央に位置する皇帝陛下の宮殿は広大だ。

周囲を取り巻いて建ち並ぶ貴族の館とは深い堀で隔てられていて、東西南北四つの門に繋《つな》がる橋からしか宮廷に入る道はない。

馬車で橋を渡った先にも宮殿を覆い隠す森があり、選ばれた者しか、その奥に立ち入ることは許されない。

リュリはこれまで幾度か、父のお供で御前祝賀会を覗《のぞ》かせてもらったことはあるが、今日はそちらには顔を出さず、馬車の中で隠れるように待っていた。

日が暮れて、陛下の御前を下がった父が戻ってくると、カイルが指定した場所に向かって馬車を走らせる。

木々の合間にガラスの屋根が見えてきて、リュリの胸の鼓動がうるさくなった。

「リュリ、くれぐれも失礼のないように……」

「はい！」

父に促されてフードを目深にかぶり、馬車を降りるが、その途端に長いマントの裾《すそ》を踏んで地面に転がりそうになる。

「リュリ、落ち着いて……」

「わかってます、行ってきます！」

心配そうな父の声を背に、リュリはマントの裾をからげて走り出す。

——カイルに会える。彼と一緒に自由な旅に出られるのだ。

そう思うと心が浮き立ち、とてもじっとしてはいられない。

二年に及ぶ窮屈な生活がようやく終わる解放感に満たされて、あたりを走りまわりたい気分だった。

「やった！　カイルと行ってもいいんだ！」

リュリが駆けつけた、ガラスの尖塔《せんとう》を持つ建物は温室だ。透明な壁に囲まれた中では、海の向こうの異国から研究者が持ち帰った珍しい植物が育成されている。

皇帝陛下の信頼篤《あつ》い側近である公爵の嫡子のカイルは、ほかの貴族の子弟に比べて宮廷に出仕する回数も多く、この温室をはじめとする各所へ自由に出入りする特権を与えられているとのこと。

そして、実はここは十二年前、リュリがカイルと初めて会った日、二人きりで話をした思い出の場所なのだ。

リュリと二人ですごした時間は、最初からなにひとつ忘れていない。そう言ってもらえたようで、ここを再会場所に選んでくれた彼の気持ちがうれしかった。

ガラスの扉を開けて植物の群れに分け入ると、草花の香りが立ちこめるあたりの空気はあたたかい。

リュリは、それまで身を隠してきたフード付きの黒天鵞絨のマントを脱いで腕にかけ、カイルと座り込んで話をした記憶のある場所に急ぐ。

あれはガラスの壁と、奇怪なかたちの根を張る大樹の狭間《はざま》だった。

見覚えのある巨大な葉の隙間《すきま》を覗くと、その向こうに立つ人の姿が目に入る。

「――カイル？」

リュリの呼びかけに応《こた》えて、彼が振り向く。

足早に大樹の陰から現れたカイルは、この温室に来る前に宮殿の祝賀会に出ていたからか、リュリが初めて目にする成人の礼服を纏っていた。

将軍を叔父《おじ》に持つ彼は、文官よりも武官として陛下に仕えるつもりだと以前語っていた通り、軍服の礼装だ。

金モールで飾られている立襟の上着のほかは、全身が黒一色の装いだが、腰に巻いた飾り帯から吊《つ》っている金の剣の鞘《さや》が輝く。

肩から垂らした金の肩紐《かたひも》でくくった黒いマントの裾を、長身の彼がさばいて歩く姿に、リュリは見とれずにはいられない。

もともと黒い髪も瞳も雄々しく端正な顔立ちだが、二年の船旅で陽に灼《や》けたのか、カイルはリュリの記憶にあるよりも、もっと野性的で精悍《せいかん》な印象になっていた。

「リュリ」

名前を呼んでくれる力強い声を耳にしたら、もう我慢できなくなって、リュリは突進する勢いでカイルに駆け寄る。

「カイル!」

本当は飛びつきたかったが、凛々《りり》しい正装の彼の前で、子供のような振る舞いをするのは気が引けた。

でも、何歩か離れた位置で立ち止まったら、カイルのほうから歩み寄って、リュリを抱き寄せてくれる。

「リュリ、顔をよく見せてくれ」

間近から覗き込んでくる彼の顔に、親しみをこめた笑みが浮かぶ。

「ああ、変わっていないな、リュリ」

大きな手で両側から腰を掴《つか》まれ、軽々と宙に持ちあげられて、リュリは慌てて彼の肩にしがみつく。

なつかしい姿を目にしたときからドキドキいっている心臓は、うれしさと恥ずかしさで破裂しそうだ。

「よかった、二年前と全然変わっていない」

——カイルは、とても男らしくて立派な大人になっているのに。

自分には、成長のあとがまったく見られないのだろうか。

抱きあげた位置から地面に下ろされて、羞恥《しゅうち》を感じたリュリはうつむく。

久しぶりの再会なのだから、母の勧めに従って、もっと華やかな格好をしてきたほうがよかったのかもしれない。

飾り立てようとする母に抵抗し、わざわざ装飾の少ない服を用意してもらった。

それでも、襟の高い上衣の咽喉元から膝下の裾まで、前身頃《みごろ》の中央には貴重な真珠のボタンをずらりと並べた装いだ。腰に巻いた帯も揃いの下衣も共に真珠色の布地で、淡い光沢を帯びている。

身に着けているリュリにとっては、恥ずかしいほどめかし込んだ晴れ着なのだが。

「そんなに変わってないことないよ、僕だってちょっとは大人になってる。この二年間、剣術だって馬術だって航海術だって、ちゃんと習っていたんだから」

「そうだな、今日着ている服もとても綺麗《きれい》だ。こんな大人っぽい格好をしたリュリを見るのは初めてだ。……でも、俺が離れていた間にも、可愛いところは全然変わらずにいてくれた。それがうれしかったんだ」

唇を尖《とが》らせて抗議するリュリを、彼は長い腕を広げて抱きしめる。

リュリの華奢《きゃしゃ》な身体は、その胸にすっぽりと収まってしまった。

もともと体格にも力にも差があったし、こういうふうに抱擁されたことだってあるけれど、リュリはどぎまぎしてしまう。

大人の男の人になった彼の腕の中にいるのは妙に落ち着かない。しかも『可愛い』なんて言われて。

これでは親友というよりも、恋人と再会しているみたいだ。

そんな変なことを考えてしまった自分が恥ずかしくなる。

彼が抱擁を解くと、リュリは赤くなりかけた頬《ほお》を隠すように顔を伏せ、一歩下がってから、改めて大人らしい挨拶《あいさつ》を探す。

「カイルが元気な様子で帰ってきてくれて、本当によかった。——陛下のためのお務めも無事に果たされたようだし」

「航海は順調で、俺は病気も怪我《けが》もしなかった。ほら、旅立つ前にリュリが持たせてくれたお守りのおかげだ」

カイルは破顔し、胸元から鎖で下げたロケットを見せる。

それは、リュリが父方の祖母から受け継いだ宝物だった。

二年前の旅立ちのときに彼に渡した、——というか、彼から預けられた指輪と交換に、持っていて、と押しつけたのだ。

カイルがその場でリュリの金髪を所望したから、持っていたナイフで少しだけ切って、ロケットの中に納めた。

まるで儀式のような手順を経て、互いの手に預け合った、秘密のお守り。

もしも海の上で災難に遭ったら、このロケットを海に投げ込んでほしいとリュリは頼んでおいた。これを身代わりにして、無事に戻ってきてほしいと。

気持ちをこめたお守りを二年の間、肌身離さず持っていてもらえたと知り、胸に湧《わ》く喜びのままに彼に笑顔を向ける。

「ちょっとは役に立てたのかな」

「ちょっとどころか。故郷を遠く離れた俺の心の支えになっていたよ」

抱擁を解いたばかりなのに、またすぐ抱きしめられそうになる。

カイルは姿だけでなく、笑い方も男っぽくなっていた。

貴公子らしい気品のある姿に、豪快な野性味が加わって、二年前よりもますますかっこよくなっている。

間近にいても、ついうっとりと見とれてしまう。もう一回抱きしめられたら、今度こそ真っ赤になって、挙動不審を隠せなくなりそうだった。

リュリは伸びてくる腕をさえぎろうとして、ふと思いついたことを口走る。

「カイル、『俺』って言うようになったんだね」

「いやか？　船を動かす水夫たちはどうにも荒っぽくてな。俺たちなんか貴族の子弟といっても、海の上では役立たずの子供扱いだ。二年も彼らに鍛えられて、乱暴なところが似てしまったかもしれない」

「海はどうだったの、怖くなかった？」

「言葉で説明するより、おまえにも見せたほうが早い。父上から、成人の祝いに船を賜ることになっている。もうじきできあがるはずだから、一緒に見に行こう」

「本当!?」

夢は、予想していたよりも、ずっと速く叶えられそうだった。順調に進む計画に、リュリは見開いた目を輝かせる。

「それで船に乗って、そのまま旅に出るの?」

勢い込んで尋ねると、カイルはやさしく笑ってから、なだめるような声で言う。

「そのままは無理だ。その前に結婚式を挙げてからだな」

喜びに満ちた再会とも、その場の親密な空気とも、まったく関わりのない、その言葉を聞いた途端に、リュリの顔から笑いが消える。

「結婚式……」

二年前、彼に許嫁《いいなずけ》がいるとの話は聞いていなかった。

でも、公爵家の嫡子ならば、家同士の取り決めで話が進められていて、成人と同時に結婚してもおかしくはない。

皇帝陛下の命を受けて二年も国を離れていたように、彼は帝国貴族の名家に生まれた義務と責任を負う身なのだ。

視察団が帰国した直後は、御前祝賀会のために首都に集まった貴族をそのまま招いて、名家の嫡子たちの結婚式が次々と執《と》り行われる。

――その中にカイルの結婚式があっても、なにも不思議ではないけれど。

リュリは、彼が帰国したあとは、しばらく一緒にすごせると、自分のことしか考えていなかった。

「そう、……そうなんだ」

結婚式の予定があるなら、当分の間は忙しくなってしまうだろう。

そうなる前にすませておかなくてはいけない大事な用件を思い出し、リュリはこわばる顔をうつむいて隠すと、上衣の襟元から指輪を下げた鎖をたぐり寄せる。

「それなら今、返しておくね。カイルは無事に帰ってきてくれたから」

もう、自分が預かっている必要もない。

「ああ、持っていてくれたのか」

カイルは、リュリの胸元にぶら下がった鎖に手を伸ばすと、留め金を外して指輪だけを取り外す。

そして、どこかうやうやしい仕草でリュリの手をとった。

「……カイル？」

指輪は今まで肌の上にあったから、体温であたためられている。

銀の台座も冷たくはないが、紫色の大きな宝石が嵌《はま》っているから、ずっしりと重い。

その指輪を、彼の手がリュリの指に嵌めている。

なぜ、そんなことをするのかわからなくて、リュリはただ目を瞠《みは》る。

「カイル……、これ、公爵家に代々伝わる大事な指輪なんでしょう？」

「ああ、そうだ。だから会えない間、おまえに持っていてほしかった」

カイルは、指輪を嵌めたリュリの手を持ちあげて、顔を近づけながら言う。

自分の肌に彼が唇を押しつける光景を、リュリは呆然《ぼうぜん》と見ていた。

「なに、緊張することはない。貴族同士の婚姻には陛下のお許しが必要だが、ありがたくも、先ほどいただくことができた。このあとは式を挙げて、生涯の伴侶となることを誓うだけだ。それがすんだら、ずっと一緒にいられる」

——カイルと、ずっと一緒に？

結婚話と、彼の言葉と行動の関連性がわからない。

混乱している間に、カイルの唇の感触が手の甲から伝わってきて、リュリは驚愕《きょうがく》のあまり飛び退《の》いてしまう。

それから、手を振り払うような失礼な真似《まね》をしたことに気づいてうろたえる。

「うわっ、……あ、ごめ、ごめんなさい」

「驚かせたか？　でも、リュリのお父上からもようやく認めていただけた。俺が触れるのは許されるだろう」

「……父上？」

「伯爵には二年前、リュリとの婚約をお願いしたんだが、そのときは断られてしまった。『リュリはまだ子供だから、十八歳になってから本人に選ばせる』と。俺が帝国を離れている間に、おまえがほかの誰かを選んでいたらと思うと気が狂いそうだった」

再びリュリの手をとって、カイルが語る。

まっすぐ見つめてくる視線にも、声にも熱がこもっている。

でも、リュリにはわからない。

彼がいったいなんの話をしているのか、そこまで理解が追いつかない。

二年も離れているのはつらくて淋しくて、会いたくてたまらなかったカイル。

再会したら、そのあとは彼の船で一緒に旅に出る。

そう約束したけれど。

——それが、なんで結婚？

「昨日の夜、伯爵家からの使者が来て、二年前の答えをくれた。リュリも俺と同じ気持ちでいると。だから今日、皇帝陛下から褒美を問われた際に、俺はリュリとの婚姻を望んだ。そして無事お許しをいただいた……」

——なんで？

呆然と立ち尽くすリュリの身体を、カイルはもう遠慮せずに抱きしめてくる。細い顎《あご》に手を添えてリュリに仰向《あおむ》かせ、顔を近づける。——まるで、くちづけするような角度で。

胸の奥で打ち鳴らされる激しい鼓動に耐えきれなくなって、リュリはつい、彼の胸板を押し返してしまう。

「そんな、……無理」

「リュリ？」

「無理だから！」

突然の抵抗が信じられないように、今度は彼が目を瞠る。

抱きしめていた腕から力が抜けた隙《すき》に、リュリは身をひるがえし、走り去る。

「リュリ!?」

激突しそうになったガラスの扉を、なんとか引き開けたところで、背後から騒がしい音が聞こえた。

すぐあとを追いかけてきたカイルが、植物にぶつかったか鉢を倒したか、マントをどこかに引っかけてしまったか。

「——ッ！」

なにかが割れる物騒な音までしていた。

「ごめん、ごめんなさい、……でも無理！」

カイルに恥をかかせたことで、かえって振り返れなくなった。

リュリは温室を飛び出して、すでに暗い森を駆け出す。

感情が昂《たかぶ》って気持ちが乱れて、今にも泣き出しそうになりながら。

——結婚って、なんで!?　なにを考えているの？

無理だよ、だって。

カイルは知っているくせに——。

彼と初めて会ったとき、リュリは六歳だった。

この島国にもともと住んでいたのは黒髪に黒目の人種だが、帝国で学びたいという芸術家や技術者や学者など、皇帝陛下が統治する海外の属国から、ルルフォイの末裔以外にも多くの異人種が入ってきている。

その子孫と貴族が結婚し、生まれた子供だっている。

だから、リュリのような淡い金髪と青い目でも、外出が困難なほど珍しい外見というわけじゃない。

伯爵家の長子のエメラと次子のセメレは内向的な性格だが、末子のリュリは幼い頃は、やんちゃで怖いもの知らずなところがあった。そのため父も普通の男の子のように扱って、館の外にもよく連れていってくれたのだ。

あれは、宮廷の新年御前園遊会でのこと。

同じように親に連れられてきた貴族の子弟たちが友好的な態度を示したため、友達を作るのもよかろうと、リュリを集団の中に残して父はその場を離れた。

子供たちは、最初のうちこそ礼儀正しく振る舞っていたが、親の目がなくなると、好奇心を抑えられなくなったらしい。リュリは自分よりも身体の大きい男の子たちに囲まれてしまった。

なにしろ『ルルフォイの末裔』といったら、なかば伝説と化した存在なのだ。

生涯を黒髪と黒目のままですごす帝国人にしてみれば、発情期を迎えて容姿が変貌するなんて、信じられない話だろう。

しかも成人後は人前に姿を現すこともまれで、噂《うわさ》される美しさを伴侶以外が目にすることは叶わない。

真珠のごとき光沢を帯びたなめらかな肌と銀細工のような髪。紫水晶を思わせる瞳。

生ける宝石だと皇帝陛下を感嘆させた美貌の一族。

――だから、リュリの外見に神話のような美しさは、まだ片鱗《へんりん》もなかったとしても。

性別を持たないという話は本当なのかと、五人ほどで詰め寄ってリュリをとり囲み、服を脱がせて確かめようとした。

必死で抵抗していたところへ助けに現れたのがカイルだ。

「帝国貴族の子息たる者が、多勢に無勢で幼い者をいじめるとは何事か、恥を知れ」

そう一喝し、いじめっ子たちを追い払ってくれた。

それから彼は、泣きじゃくるリュリに服を着せかけて、ほかには誰も入ってこられない温室に連れていく。ガラスを張り巡らせた壁と植物の間に隠れて腰を下ろして、リュリの涙を拭《ぬぐ》ってくれた。

「みんなを許してやってほしい。ルルフォイの末裔は、僕たちにしてみれば幻のような存在だから、もっとよく知りたい気持ちを抑えきれなくなってしまったんだろう」

カイルは、六歳の少年とは思えないほど大人びた口調でリュリに謝罪する。

彼の声と頭を撫《な》でてくれる手はやさしくて、少し心が落ち着いた。

信頼できる人だと感じたからかもしれない。まだ涙の残る声でリュリは訴えていた。

「でも、僕は違うの。ルルフォイの一族らしくない……」

「銀色の髪とか紫色の目じゃないってこと？　それなら、大人になったら色が変わるって聞いている。きみはまだ子供だから」

「そうじゃなくて。……僕はなにか違うのに、みんなはっきり教えてくれない」

特に病気という自覚もないのに、物心ついた頃から何回も、リュリは身体を診察されていた。診てくれるのは、ルルフォイ伯爵家に代々仕える帝国人の医者だ。

くわしい意味までは理解できなかったが、聞こえてきた医者と母の会話を覚えている。

『異種族間の結婚が進んで四世代目、五世代目ともなりますと、こういった変化が、いつ表れても不思議はないのです』

『まだ、どうなるかはわからないでしょう。成人するまでには、リュリの身体から、あれが消えてしまわないとも限りません』

医師に懇願するような声で、母はそう訴えていたけれど。

――『あれ』って、なんだろう？

自分の身体には、ほかのルルフォイと違って、余計ななにかがついているらしい。

生まれてからずっと、ひそかに悩み続けてきた謎《なぞ》の答えを、リユリはカイルに求めた。

「どこがおかしいの？」

カイルが着せかけてくれた服を自分から脱いで、その場で裸になってみせる。

あまりにも唐突な行動に彼は戸惑ったかもしれないが、真剣に訊《き》くリユリに、まじめな顔で答えてくれた。

「なにもおかしくなんかないよ」

成人するまでは性別がない種族に生まれたのに、リユリの身体は男の子のものだった。

そのことに彼は気づいたはずだが、リユリの心を傷つける事実を口にはしなかった。

「きみだけが違うんじゃなくて、みんな違うんだ」

そう言うと、彼も同じように服を脱ぎ、裸の身体を見せてくれた。

リユリよりも体格がいいからか、並んで比べてみると、確かに細部の造りが異なる。

「僕ときみの背の高さや髪の色、そういった外見が違うのと同じで、みんな少しずつ違っているだけ。全然変じゃない」

その後、十二歳の誕生日になってようやく、隠されてきた事実について、父と母から説明してもらえたが。それまでは、ただ漠然とした不安を抱えるだけだったのだ。

異国の花の香りに包まれた緑の木陰で、まっすぐ見つめる真摯《しんし》な瞳のカイルから言ってもらえた、「おかしくないよ」という一言に、どれほど救われたことか。

二人だけの秘密を分かち合った彼に対して、親密な感情が生まれる。リュリは、自分にとって特別な存在になったカイルと、もっと一緒にいたかった。

ルルフォイの一族の中では、経験者はリュリの前の世代に一人いるだけだったが、貴族の子弟が集まる学校に、自分も通ってみたいと父に頼んだ。

入学したら、やっぱり好奇の視線を浴びたけれど、六歳のときのような危ない目に遭うことは二度となかった。いつでもカイルが守ってくれたから。

彼といられる喜びは、どんなつらさにも勝った、かけがえのない親友。

ほかの誰より大事に思う人。

だけど、――なんで結婚？

彼は、リュリが本当は男の子だって知っている。

十八歳になったって、発情期に入ることも変化することも、おそらく不可能だとわかっているのに、いったいなにを考えているのか。

どうかしている、――友達に結婚の申込みをするなんて。

◆

「リュリ」

居間の扉の向こうから呼びかけるのは母の声だ。リュリは答えを返せずに、膝を抱えて身を硬くする。

「もうじきカイル殿がお見えになるのよ、着替えて出ていらっしゃい」

——着替えって、なにを着ればいいんだろう。

昨日の真珠色の一張羅は、森で転んで膝を土まみれにしてしまった。

「……わかりました。リュリは支度に忙しくて、婚礼の日まではお目にかかれません、とカイル殿にはお父様から伝えていただきます」

ため息混じりの声を廊下に残して母は去っていく。扉の外だけでなく部屋の中も、リュリが洩らしたため息が充満しそうだ。

身の置き所がないとは、まさにこのことだった。

しばらくの間、この世から消えてしまいたい。そんな後ろ向きな考えで頭の中をいっぱいにして、リュリはさらに強く膝を抱え込む。

もう昼も過ぎた時刻だというのに、寝台の上でちぢこまっている自分が情けない。

自分だけでなく、父も母も落ち着かない気持ちでいるんじゃないかと思うと、申し訳なさでたまらなくなる。

昨日の夜、温室を飛び出してきたリュリが、取り乱して馬車に駆け込んだときから、父にはずっと心労を与えっぱなしだ。無理な願いを聞き入れて、宮廷まで連れていってくれたのに。

まさかリュリが、指に嵌められた指輪と、カイルからの求婚の関連性にまったく気づいていなかったなんて、夢にも思わなかったのだろう。

帰宅を迎えてくれた母も、ひどい格好でうなだれるリュリを前に言葉を失い、おそらく一家の誰も一睡もできないうちに朝になり、公爵家からの使者が来た。

昨日、リュリが温室に落としたマントを、カイルが届けさせてくれたのだ。

使者が携えていたのは、それだけではない。婚礼衣裳の一式を運び込まれて、あとでカイルが挨拶に来るとの伝言まで受けとって、館中が大混乱に陥った。

リュリはといえば、結婚式用の白いレースの豪奢《ごうしゃ》なドレスを直視できずに半泣きになり、自室に逃げ帰ってからというもの、寝台の中に引きこもっている。

「……カイルはどうかしてる。絶対変だよ！　あんなドレス、どうしろっていうの。僕が着たって似合うわけないじゃないか」

——だけど、よくよく考えてみれば。

最初から話がどこかで食い違っていたかもしれない。

一昨日《おととい》の両親の許可と、公爵家へ使者を出すとの件は、カイルと一緒に船で海外へ行く計画についてだと、リュリは思い込んでいた。

『おまえはカイル殿のもとへ行きたいか？』

その父の問いが、まさか結婚を指していたなんて。

リュリはカイルに会いたいと涙ぐんだし、彼を慕う様子を隠していなかった。

だから両親も、求婚された途端にリュリが逃げ帰ってくるなんて、そんな事態は想像もできなかったらしい。

それでも、すでに皇帝陛下のお許しが出ている以上、今さら両家の結婚話を無効にできるわけがなかった。

「リュリ」

やがて、再び扉を叩く音がする。

母がまた、お小言に来たのだろうか、それともカイルが訪れたのか。リュリが緊張しながら耳を澄ますと、扉の外に立つ人物が名乗った。

「キラルだ、入ってもいいか？」

リュリは寝台から飛び下りて、居間を駆け抜け、今一番会いたい人を迎えに急ぐ。

「キラル！」

リュリが飛びつく勢いで部屋に招き入れたキラルは、扉を閉めるなり、するりとヴェールを取り去った。頭を振ると、銀色の髪がさらさらと背まで流れる。

「なんだ、元気そうじゃないか。ずっと部屋に閉じこもって泣きべそをかいているとシエラが言うから、ひどい顔と向き合う覚悟をしてきたのに」

身を屈《かが》めたキラルに顔を覗き込まれて、リュリは恥ずかしさにうつむいた。

「……べそかいてなんかいないもの」

「そうか？　でも母上に心配をかけるのはよくない。せめて食事はとりなさい」

部屋に入ってすぐの場所に放置されているワゴンの皿から、キラルは桃を一切れとりあげて、リュリの口に押し込む。

それをもぐもぐ咀嚼《そしゃく》すると、まるで幼い子供のように「いい子だ」と、キラルの手で頭を撫でられた。

キラルは母の代の末子で、帝国風に言うならば、リュリにとって『叔母《おば》』にあたる。

リュリの母のシエラは長子で、婿をとってルルフォイ伯爵家を継ぎ、三子を成した。

次子のエセルは侯爵家に嫁いで二子を産み、末子のキラルは、その一人を成人後、養子にもらい受ける約束になっている。

カイルの父の弟であるガデス将軍に嫁いだキラルだが、母やエセルとはあまり似ていない。たおやかな女性的な印象がまったくないのだ。

冷たい美貌に凛《りん》とした物腰に、体格はすらりと細身で背が高い。

既婚者なのに髪を結いあげていないせいもあるだろう。服装にしても、ドレスではなく、今のリュリと似たような揃いの上下を身に着けている。

布地は髪と同じ光沢のある銀色で、咽喉元と手の甲までを覆う。腰を帯で締めたチュニックは膝下に達する長さで、くるぶしを絞る揃いの下衣も、ゆったりと身体の線を隠している。

その服装は、発情期で変容したあとだというのに、今でもまだ、キラルを性別の定かではない人のように見せていた。

キラルはルルフォイの末裔としては初めて、ほかの貴族の子弟に交ざって学校に通い、誰にも引けをとらない優秀な成績を収めた。

卒業後は学友と結婚して家庭に入ったが、今でも共に馬を駆り、剣を交わす仲の夫が、将軍に昇進していくのを支え、仕事の手助けをしているという。

変わり種として生まれてしまったリュリにとって、どこか雄々しい生き方を貫くキラルは、ひそかな心のよりどころとなっている存在なのだ。

だから、学校を卒業したあとのリュリの家庭教師役を、キラルが買って出てくれたときにはうれしかった。

それから毎週のように顔を合わせて、カイルを慕う気持ちも打ち明けられて、今では父や母よりも近い気持ちで話ができる相手だ。

片手で軽々ワゴンを押しながら窓際のテーブルに向かうキラルに先導されて、リュリはあとをついていく。

「今、すごくキラルに会いたかったんだ。急に来ても大丈夫なの？」

「二人で来たわけじゃない。ガデスも一緒だ、カイル殿も。二人はご両親と婚儀の話を進めている」

キラルの顔を見てほっとしたのもつかの間、すぐにまた追いつめるようなことを言われてしまい、リュリは顔をこわばらせた。

——いきなり届けられた婚礼衣裳。

それに、もう結婚式の話だなんて。

リュリがまだ向き合えずにいる問題を、まわりがどんどん進めていってしまう。

「なんで、そんなに急ぐの……」

「二年も離れていたからな。リュリがカイル殿にお会いしたがっていたように、カイル殿もリュリを恋しく思われていたんだろう」

リュリだって、彼が恋しかった。

留守の間は、思い出したら泣きたくなるくらい、会いたくてたまらなかったのに。

それなのに今、館の中にいるはずの彼に、会いに飛んでいけないなんて。

「指輪をお預かりしていたと聞いた。カイル殿にしてみれば、それが婚約の印のつもりだったんじゃないのか」

「そんなこと言われなかったもの……」

航海の無事を祈って預かった指輪が、まさか親友との結婚話に繋がるなんて、想像が及ぶわけがない。

「リュリには結婚の申込みが殺到するとわかっていたから、離れていた間、カイル殿も気が気じゃなかったはずだ」

リュリにも腰を下ろすよう、食事の皿を置いた向かいの席を指し示し、キラルは高々と脚を組む。腰の脇《わき》に深くスリットが入った上衣の裾が割れて、銀色の下衣の膝がむき出しになった。

貴族の奥方らしからぬ振る舞いをしても、キラルは堂々として美しい。

たとえ一族の変わり者だとしても、キラルのように生きられたらいいのにと、リュリは叶わない憧《あこが》れを抱いてしまう。

だけど、憧れと現実はかけ離れていて。

自室の椅子《いす》だというのにちんまりと腰を下ろしてうなだれるリュリの様子は、これから叱《しか》られるのを覚悟する子供みたいだ。

「結婚の申込みなんて、ないよ、ほかにはひとつも」

「伯爵様は二年前、どこよりも先に公爵家からのお申し出をいただいていたはずだ。だからカイル殿にも答えないうちに、リュリに知らせるのは遠慮していたのだろう。ルルフォイの末裔を伴侶に迎えたいと望む貴族は数えきれないほどいるからな」

そう言ってから、いやなことを思い出したというようにキラルは眉《まゆ》をひそめた。

「私のときもそうだった。学校でいやがらせをしてきたやつまでが申し込んでくるんだぞ。剣をとって叩きのめしてやろうかと思ったよ」

「キラルが親友だったガデス将軍を選んだのは、やっぱり好きだったから?」

「私よりも強い男は、あれしかいなかったからだ」

不愉快そうに美しい顔をしかめて言い捨てるキラルは、学校に通っていた当時、ガデス将軍とライバルのように成績を競い合っていたと聞いた。

庇《かば》われて守られて憧れるばかりだった、リュリとカイルの関係とは違っている。

キラルの経験のすべてが参考になるわけじゃないんだと、リュリがいささか落胆すると、目の前に迫る美貌に、ふいに人の悪い笑みが浮かんだ。

「落ち込むのは早い。リュリはまだ、なにも変わっていないじゃないか」

普段よりもさらに情けない顔になっているリュリの頬をつまんで、キラルは笑う。

「カイル殿は、なにもしなかったのか。くちづけをされていたら、今頃は……」

「くちづけ⁉」

キラルが言いかけた、とんでもない言葉をさえぎり、リュリはぶんぶんと音がしそうな勢いで首を横に振る。

「ないよ、そんなの。昨日は本当に、二年ぶりに会えるから、『お帰りなさい』って言いに行っただけで！」

そんなのしたら死んじゃうよ、と途方に暮れてリュリは呟く。

「くちづけくらいじゃ死なない」

すでに発情期を乗り越えたキラルは、肩をすくめて言ってのける。

「ただ、くちづけをして交わると、そこから変化が始まる。一夜明けて、髪の毛と目の色が変わった自分の姿を見たときには、確かにショックで死にそうになるが。私も死なずにこうしているから、リュリも大丈夫だ」

経験者の容赦ない言葉に打ちのめされて、二人の間のテーブルにリュリは突っ伏す。

「キラルは知ってるの？　母上から聞いている？　僕のこと……」

ルルフォイの末裔なのに、生まれたときから性別が定まってしまっている自分の肉体の秘密は、まだ母と父しか知らないはずだ。

でも、リュリの教育を任せたキラルには、母が打ち明けているだろうか。

「僕には変化が起こらないかもしれない」

唇を引き結び、思いつめた目をして言うリュリをまっすぐに見つめて、キラルは深い紫色の瞳を近づける。

「いいや、変わる。発情期は来るんだよ。ルルフォイの末裔に生まれた以上は避けられない。受け入れるしかないんだ」

キラルの声は冷ややかに響くが、重々しい実感を伴っていた。

「ルルフォイの歴史はご両親から教わっているだろう。止められないんだ。そのときが来たら、伴侶を求めずにはいられない。――これまで、ただ一人の例外もなく」

かつて皇帝陛下の命令によって帝国に連れてこられるまでは、ルルフォイの民は絶滅の危機に瀕《ひん》していたという。

異国の森の奥深く、動物的な生々しい欲望など、ほとんど忘れ去って生きてきた種族だ。髪も目も肌も、周囲の木々と同化する色合いの目立たない姿で。

けれども生涯に一度、肉体が成熟したときに、ただ一人の番《つが》いとなる相手と出会って、花が開くように美しい色彩を纏う。

そして発情期ののちに授かった子を産み育て、穏やかに寿命を終える。

それが、たまたまほかの種族の目に留まり、美しさゆえに狩られていった。

街で売り飛ばそうとする商人の手から逃れるために故郷の森を離れたが、新たな環境に適応できず、残ったわずかな者たちは滅びのときを待つだけだったと。

帝国の軍隊と遭遇したとき、彼らは自害しようとしたが、皇帝の命令でそれは許されず、一族は強制的に帝国へと移住させられた。

美しい異人種を褒賞として望む兵士や貴族も少なくなかったが、『銀と紫に彩られたルルフォイの美貌は、すでに伴侶を得た証《あかし》であり、ほかの誰かのものとなることは不可能』だと、一族の一人が皇帝に訴えた。

『ルルフォイの民の秘密を知り、理解したければ、我と七夜を共にするべし』と。

皇帝が床に伴い、くちづけをして一夜明けると、くすんだ色合いのその子供は、生ける宝玉のような美しい乙女に変貌を遂げていた。

残りの六夜で寵《ちょう》を受け、三百夜ののちに乙女は皇帝の子を産み落とす。

十八年後、長年帝国に楯突《たてつ》いてきた蛮族の長《おさ》を、皇帝は自らの領土に招いた。

成長した乙女の子供が、その蛮族の長をもてなし、心をとらえる。ただ一度のくちづけで姿を変えて、生涯の愛情を誓う伴侶となったのだ。

蛮族の長は、皇帝の血統を受け継いだルルフォイの末裔を妻として伴って故郷に帰る。帝国との間に恒久的な和平の条約を結んで。

皇帝は、長年の問題に平和的な解決をもたらしたルルフォイの功績をたたえて一族の者たちに伯爵の位を与え、帝国での身分と安全を保障する。

それから現在のリュリで五世代目だ。

「異国より持ち帰られた植物の中には、帝国の風土に合わずに枯れてしまうものもあると聞く。異なる環境でも生き残る種は、存続のために己の仕組みを変えていくものだ」

移住して一世代目のルルフォイは、生涯にただ一度、七日間のみしか発情することはなかったという。子を産む数も一生に一人きりだ。

それが四世代目となると、リュリの母は三人の子を成している。帝国人との異種交配が進むにつれて、確実に変化が起こっているのだ。

「まったく別の種族と交わるわけだからな。代を経るごとに、どこかしら変わっていく。それは当然の結果として受け入れるべきだ」

いずれ帝国人と同様に、生まれたときから性別が固定化している子供が生まれても、なにも異常なことではない、とキラルは言いきる。

「けれど、変わらないこともある」

ルルフォイの血を引く者は、一人残らず姿を変える。十八歳になり、初めての発情期を迎えたときには、必ず。

「……どうすればいいの」

逃れる道などないと知らされて、リュリは今にも泣き出しそうだ。

「リュリはカイル殿をお慕いしているのだろう。そしてカイル殿以上に恋しい方がいないなら、とりあえず結婚式を挙げろ」

「とりあえずって……」

「くちづけをすればわかることだ」

相手の一部を体内に受け入れて変化が始まったなら、あとはもう運命に、その身をゆだねるよりほかない。

「……もう帰っちゃうの？」

キラルは長居をするつもりはないのか、リュリが食事をするのを見届けると、早々と話を切りあげた。ヴェールを手にとり立ちあがり、扉に向かう。

心細いリュリはキラルと別れがたくて、部屋の外まで見送りに出る。

そこで、廊下の向こうから歩いてくる大柄な男性に気がついた。

マントの裾をひるがえす威風堂々とした軍服姿は、キラルの夫のガデス将軍だ。甥《おい》にあたるカイルと精悍な印象は似ているが、もっと体格は逞《たくま》しく、勇猛果敢で豪放磊《らい》落《らく》な感じがする。

「――ガデス。よその邸内を我が物顔で歩きまわるとは何事か、ずうずうしい男だ」

夫と顔を合わせても、うれしそうな様子もない。キラルの冷ややかな言いように、将軍は飄々《ひょうひょう》と答えを返す。

「そろそろお暇《いとま》しようと思って、俺の奥方を迎えに来ただけだ。それに『よそ』っていうほど縁がないわけじゃない。俺だって七年前、この伯爵家に求婚に来たもんだ、キラルと結婚させてくださいとお願いをしに」

「……人生最悪の思い出だ」

刺々《とげとげ》しいキラルの態度に、端で見ていたリュリははらはらしてしまうが、将軍のほうはまったく気にしていないようだ。

「リュリ。なんだ、しょんぼりした顔をして。元気がないのは、俺の甥のせいか？」

「将軍」

キラルにつれられて将軍家を訪れた際に何度も顔を合わせているが、彼はリュリのことを普通の男の子のように扱ってくれる気さくな人だ。

「カイルはいいやつだ、それはわかっているだろう。結婚を急ぐのは、リュリが可愛くて、早く独り占めしたいからだ」

将軍がおおらかに笑うと、カイルの求婚に驚いて温室から逃げ出した昨日の自分が間違っているだけのような気持ちになる。

——いったい、なにを恐れているのかと。

心配することなど、本当はなにもないような。

「ともかくリュリ、皇帝陛下のお許しも出た以上、婚儀を先延ばしにすることはできない。ご両親も心を痛めておいでだろう。ここは腹をくくって、お二方を安心させてやれ」

キラルは、最後まで厳しいことを言いながらヴェールをかぶる。

「なにも怖がることはない。望まないなら、カイル殿にくちづけを許さなくてもいいのだ。

リュリがいいと思うときまで待たせておけ」

「俺なんか、この奥方に百日もお預けを喰《く》らったんだからな」

キラルは、腰に腕をまわして抱き寄せようとしたガデス将軍の腕を払いのけ、尊大に言ってのける。

「たやすく思い通りにできると思うな。私を伴侶に望むなら、それくらい待つ覚悟があって当然だ」

「まったくだ、俺は千日でも待っただろう。――でもカイルを可哀想《かわいそう》だと思うなら、リュリは、ほどほどのところで折れてやってくれ」

腕を払われても、ガデス将軍は平然と笑っている。

対照的にキラルは、将軍と一緒にいるときは、いつも冷ややかな態度をとる。

もとは親友で、いわゆる『おしどり夫婦』らしいのに、リュリが目にするときには全然、仲がよさそうには見えない。

キラルの容姿がルルフォイの末裔らしく変化している以上、くちづけをして発情期を共にすごしたことは確かなのに、父と母のように穏やかな空気を醸し出すことはない。

リュリは、この二人のような関係を結ぶことは、自分には絶対に無理だと思う。

カイルに、そんな覚悟をしろとか待てだとか、言えるわけがない。

キラルは発情期を迎える前から、もともと独自の強さや美しさをその身に備えていただろうけれど、自分にも同じような価値があるとは、リュリにはとても思えなかった。

「そういえばリュリ、カイルの船の話は聞いたか？」

歩き出したガデス将軍が笑顔で話しかけてくれるから、リュリはそれに答えながら、ついついあとをついていく。

「お父上から、成人のお祝いにいただくって」

「そうだ、大きくて立派なやつを、リュリを乗せるために造っているんだぞ。結婚式が終わったら、見せてくれるだろうから、楽しみにしていろ」

――『結婚式が終わったら』。

どうしても、そこを通らないといけないの？

ただ二人で船出するわけにはいかないの？

考え込んでうつむいて、将軍に問いかけようと顔をあげたリュリは、視界に入った人の姿に目を瞠る。

キラルと将軍をちょっと見送るだけのつもりが、いつの間にか玄関に辿り着いていた。

リュリは、そこにカイルの姿を見つけて立ちすくむ。

両親と向かい合って立つ彼は正装に身を包んでいた。

昨日のような剣は吊っていないし、金モールの飾りもないが、黒一色の装いに同色の革のブーツと手袋を身に着けた凛々しい姿だ。

見とれかけてから、とてもカイルと顔を合わせられるような状況ではないことを思い出し、リュリは慌てて顔を伏せる。

皇帝陛下の御前でもないのに、彼が正装を纏っているのは、つまり、正式な結婚の申込みに訪れたところだからだろう。

それなのに結婚を申し込まれる側のリュリはといえば、自室の寝台で膝を抱えていたときのままの普段着姿だ。

いくら自分の家の中だからといっても、こんな格好はみすぼらしすぎた。

その上、考えなしでのこのこと客人を見送りに玄関まで出てきてしまうなんて。

今頃になって青ざめながら、まったく礼儀のなっていない自分は、カイルとは絶対に釣り合わないと思い知らされる。

キラルとガデス将軍がカイルのほうへ向かっていき、二人の後ろに隠れていられなくなったリュリは、急いで両親の背後に逃げ込んだ。

「では、二日ののちに」

これまで聞いたこともないカイルの硬い声を耳にして、思わず顔をあげてしまう。

彼はリュリと目が合ったのに、笑顔を見せてはくれなかった。

それは仕方がないことかもしれない。だって昨日、リュリは彼の前から逃げ出した。

今だって両親の陰に隠れている。自分のこんな態度がいけないってわかっている。

でも、彼を不快にさせたと思ったら、胸の奥が刺されたみたいに痛くなる。

両親に一礼したカイルは、リュリには言葉もかけずに背を向けた。

彼は将軍たちと共に、このまま帰ってしまうようだ。

追いかけて飛びつくことのできない背中を見つめたら、せつない気持ちが湧きあがり、泣き出したくなる。

——もっと一緒にいたいし、たくさん話をしたい。

それなのに、なんで結婚とか、そんなややこしい問題になってしまうのか。

彼は、最後まで笑みを見せることもないまま、玄関から出ていってしまった。

「……リュリ」

客人たちの姿が消えて、召使いの手で表玄関の扉が閉められると、両親は揃ってリュリを振り返る。そして、身体中が空っぽになりそうな、長い長いため息を洩らす。

リュリの格好にも態度にも困り果てた様子だった。

「今まではリュリの好きなようにさせてきましたが、……本当は無理矢理にでも令嬢たちの学院に通わせて、厳しく礼儀を躾けるべきだったのでしょうか。明日一日で、どれだけのお作法を身につけることができるのかしら」

際限なくため息をつきそうな唇を手で覆い、母が物憂げな表情で言う。

「うむ。リュリの幸せを願えばこそだが……。ともかく式の途中で慌てて、すべてを台無しにしてしまわないよう、まずは気持ちの落ち着かせ方を教えることだ」

父はこめかみを押さえながら途方に暮れた声を出す。

二人を苦悩させている元凶のリュリはといえば、チュニックの裾を握り締めて、うなだれるばかり。

「このようなリュリがリディウス公爵夫人になってしまうなんて、公爵家の御先祖様方に申し訳ない気も致します」

大げさに言っているわけではなく、おそらくそれは本音だろう。美しい母の嘆きように、リュリも心の中で同意せざるをえなかった。

公爵夫人になるって、——僕が？

絶対、そんなの間違いだから。

◆

「なんで、……なんでこんな格好しなくちゃいけないの……」

涙目でリュリが見渡すのは、見慣れた自分の部屋ではない。

ここは、もっと豪華で広々とした公爵家の一室だ。

白い壁に囲まれた殺風景な自室を見慣れていた目には、淡い緑と金で彩られた優雅な装飾が眩《まぶ》しかった。

上品で華やかな館の空気には、まだ馴染《なじ》めなくて、どうにも気持ちが落ち着かない。

それでも、もう伯爵家にいても、落ち着くことはできなかったが。

一昨日にカイルの訪問を受けたあとは、館中がせわしい空気に包まれてしまい、リュリも自室にこもっていることは許されなかった。

母と、すでに婿を迎えて別棟で暮らしている長子のエメラ、嫁いだ侯爵家から里帰りしてきた次子のセメレ。その三人がかりで行儀作法を教え込まれた。それだけでなく、肌や髪の手入れまでさせられて、すでに疲労困憊《こんぱい》している。

かといって、一人になっても心安らぐことはなく、寝台に横たわっても頭の中に心配事が押し寄せてきて、夜も眠れない。

今日はほとんど意識が混濁した状態で馬車に押し込まれ、公爵家に到着し、気がついたら結婚式は目前に迫っている。

カイルとは、まだなにも話し合ってもいないのに。

悪い冗談みたいで現実味がないまま、リュリの前には試練だけが積みあげられていく。

「ヴェールをかぶって隠すなら、もうちょっと別の服にして……」

今は、もうじき大広間で始まる婚礼のためのドレスを着せられているところだ。

この期に及んでも、往生際悪く逃げ腰になりがちなリュリを捕まえて、キラルはコルセットの紐を締めあげていく。

「式がすんで公爵家に入ったあとは、リュリには楽な格好をさせてくれるよう、ガデスからもカイル殿に頼んでおいてもらう。これは式の間だけのことだ、耐えろ」

自分だって結婚式のときには屈辱的なドレス姿に耐えたのだから、リュリにも耐えられないはずがない、と。相変わらずキラルは容赦なかったが、厳しいことを言われていたほうが涙をこらえられた。

生まれたときから男の子の身体で育ってきたリュリは、普段は性別がはっきりしない服を選んで着用していた。そのことをカイルも知っているのに。

こんなドレスを着せようとするなんて、リュリをいじめるつもりだとしか思えない。

公爵家が用意した豪奢な衣裳は肩が大きく開いていて、非常に露出度が高い。

薄く透ける肌着の上にコルセットを締めて腰を細くし、その上にレースで覆われた純白のドレスを纏う。

揃いのレースの下着はちいさく透けていて、恥ずかしすぎて着けられなかった。

ほかにもコルセットから繋がった長靴下を吊るためのガーターベルトとか。こんなものまで用意されるなんて、拷問みたいだと思う。

一昨日のカイルの硬い表情を思い出すたび、リュリは胸が苦しくなる。

温室で再会したときは、本当にうれしそうな笑顔で抱きしめてくれたのに。

そのあとで求婚の話を持ち出され、いくら驚いたとはいえ、ただ「無理」だと言い張って逃げてしまった。リュリの態度は、彼にとっては許しがたい無礼だったのではないか。

幼い頃から貴族の子弟のリーダー格だったカイルは誇り高い性格だ。

自分と同じ気持ちでいるはずのリュリから、思いがけない拒絶を受けて。これほどの屈辱を味わったことなどなかったかもしれない。

辱《はずかし》めるようなドレス姿に飾り付けられる間、リュリは、抑えがたい彼の怒りの炎に炙《あぶ》られている心地だった。

自分はなんで普通の帝国人に生まれなかったんだろう、と今さらながらに思う。

そうでないなら、異人種間の婚姻など不可能だったらよかったのに。

ルルフォイと帝国人種の交わりが可能ならば、五世代も経る間に、外見も身体の仕組みもすっかり同じになってしまえばいいのに。

どうして、こんな中途半端な事態に陥っているのか。

もしもリュリが、女性に変われる身体だったなら、カイルに望まれて妻となる結婚式を前にして、喜びを感じていたかもしれない。

完全な男と言いきれる姿になれたら、カイルがどこの令嬢と結婚しようと祝福し、生涯を彼の友として生きていくことができただろうに。

——だけど、どっちつかずで慌てふためくばかりの自分は、いったいどこに向かえばいいのだろう。


結婚式の最中の様子は、実はよく覚えていない。

歴史の長い公爵家は、領土の広さからしてリュリの家とは規模がまったく違う。すべての貴族の当主を招待することが可能な広間が自邸にあるのだ。

その広大な大広間で、皇帝陛下の名代にもお運びいただき、公爵家のカイル・ル・リディウスと伯爵家のリュリ・ル・ルルフォイの結婚式が執り行われた。

現実味がないまま、両側にずらりと居並ぶ来賓からの注視を浴びて、入り口から奥の祭壇までの長い距離を歩かされる。

リュリは、コルセットで胸の下から腰までの広い範囲を締めあげられたのも、ヒールの高い華奢な靴を履《は》かされたのも初めてだというのに。

ただ歩くだけでも苦行のようで、何事か考えていられる状態ではなかった。

全身を覆い、裾を引きずる長いヴェールをかぶっているから、表情は周囲に見えないにしても、自分自身の視界も狭く、何度もドレスの裾を踏みつけて転がりそうになる。

そのたびにカイルに抱き寄せられて、危うく乗りきることができたが。

ともかく父や母に恥をかかせてしまわないよう、ルルフォイの一族の名を貶《おとし》めるような振る舞いをしてはならないと、それだけを念じ続けていた。

式が終わって大広間を退出したあとは、張りつめていた気がゆるんでしまい、意識朦朧《もうろう》としていたかもしれない。

廊下に並んで頭を下げる召使いから挨拶を受けて、歴史ある公爵邸の中でも真新しい部屋に通される。

ここは、以前に何度か訪れたカイルの部屋とは違う。新婚夫婦のために用意された部屋かと気がついたのは、背後で扉が閉められる音を聞いてからだ。

「リュリ、疲れたか？」

ヴェールの下に隠れた頬は怯《おび》えてこわばっているし、緊張と疲労で身体中がぎくしゃくと痛んでいた。

それでも、気遣ってくれたカイルの声は、リュリのよく知るやさしくて頼りになる友のものだったから、素直にふるふると首を振る。

彼の手でヴェールをとられると、あどけない仕草が似合う幼い顔と、薄化粧を施された唇が現れた。

「怒っているか？　結婚を急がせてしまって」

次に、思いがけないことを訊かれて目を瞠る。リュリがカイルに対して怒ったことなど、これまでだって一度もない。

「怒ってなんか。ただ、驚いているだけ……」

ちいさな赤い唇で、必死に言葉を探す。リュリのいたいけな様子に、カイルも緊張を解いたのか、口許《くちもと》をほころばせた。

「そうだな、急ぎすぎた。でも帰国した船には、おまえに求婚した男がほかに何人も乗っていたんだ。早く答えをもらうまでは安心できなくて」

「そんな、ほかの求婚とか全然知らない。父上も母上もなにも教えてくれなかったし」

学校でいやがらせをしたやつまで申し込んでくる、とキラルは顔をしかめていたが、それは本当だったのか。

もしかしてその中には、入学前にリュリの服を脱がそうとしたいじめっ子も混ざっていたのだろうか。それを考えるとぞっとする。

「みんな、ルルフォイが珍しいだけだよ、僕が好きなわけじゃない」

学校に通っていた間も、カイルが片時も離れずに守ってくれていなければ、リュリの身にはなにが起こっていたかわからない。

もっとも学校に行く目的自体、カイルと一緒にいたかったからで、もしも彼との友達づきあいが続かなかったら、きっと途中でやめていただろう。

「それは違う、リュリと仲よくしたいと望む者は大勢いた。俺が全員を遠ざけて、近寄らせなかっただけだ」

「そんなことない、僕はいつもカイルの後ろに隠れていたし。仲よくしたがる理由なんかないもの」

「リュリは可愛い」

彼は、リュリの腕を引き寄せながら言う。

「貴族の子弟は誰しも、子供の頃から家名を背負い、皇帝陛下に仕えて手柄を競い合う。古い家柄の間には対抗意識があるんだよ。よからぬ噂を流して、相手を蹴落《けお》とそうとする陰謀も多い」

それはリュリも知っていた。

学校では、どこの家の誰の親が失脚しそうだとか、代わりに誰が出世しそうだとか。出所の不確かな噂話が、絶えず巡っていたのだ。

「リュリは、そういう話には一切関わらなかった。人と張り合ったり、悪く言ったりもしない。そばにいると、こちらまで心が綺麗になる気がする」

「そんな、僕は浮いていただけで」

「一緒にいると心が安らぐ。だから、本当はみんなリュリを友達に欲しがっていたのに、俺が独り占めして……」

リュリの顔に彼の手が伸びてくる。

頬を包んだ彼の手の、指先が唇に触れる。

大人の女性のように化粧した顔を、彼の前に晒《さら》している。そのことをふいに意識して、リュリは羞恥に襲われる。

「キラルに、なんかいろいろ塗られたの。変だから……」

「変じゃないよ、可愛い」

そんなことを言うカイルは、ちょっとどうかしている。

でも、彼に触れられただけでドキドキしている自分もおかしい。

リュリは、こんなに肩が大きく開いた服を着るのは初めてだった。

下半身はごく薄い絹の長靴下で腿《もも》までを覆っているけれど、下着も着けていないから、揺れるレースのドレスの下が心許《こころもと》ない。

「リュリ……」

身を屈めて彼が名前を囁《ささや》くと、耳から首筋に息が吹きかかる。それだけで、なぜだか肌が震え出す。

今のカイルは、父が着ていたような、大人の男の人の正装を身に着けている。

自分も、これから大人にならなくてはいけないのだろうか。

——でも、どうやって?

どんな方法で乗り越えたらいいのかわからない高い壁が目の前に立ちふさがっていて、それだけでもう後退《あとずさ》りしたい気持ちになってしまう。

「カイル、待って」

顔を傾ける彼は、くちづけをするつもりなのか。

背中にまわった腕に拘束されてリュリはもがくが、今度はカイルも逃がしてはくれなかった。

背筋をしならせるリュリの細く締めあげられた腰をしっかりと捕らえて、さらに強く抱き寄せる。

「リュリ、俺がいやなのか？」

「違う、違うけど、待って」

せめて一晩だけでも、親友として話がしたい。

だけどリュリには、そんな希望を口にする猶予は与えられなかった。

カイルの表情が、みるみるうちに険しいものになっていく。

「だって、カイルも知っているはず。僕は、変わらないかもしれない」

「変わるか変わらないか、試すつもりもないのか？」

――『試す』なんて。

リュリにとっては一生一度の大事な局面だというのに、そんなに軽々しい言い方をされるとは思わなかった。

「試して、どうなるの？　だめだったら」

「それならなおのこと、早く結果を知ったほうがいいだろう。俺が相手では変化が起こらないとわかったら、すぐに次の相手を探せる」

「な……」

あまりにもひどい言いように、頬がこわばるのがわかった。

もしもくちづけをして一夜明けても、リュリの身体にまったく変化が起こらなければ、この婚姻は無効となる。

ルルフォイの末裔は、生涯ただ一人の相手のためにしか、交情可能な肉体への変化を遂げることができないから。

だからこそ求婚相手を十分に吟味し、選択する権利を与えられている。

決して、望まない結婚を強制されるわけではない。

実際に、皇帝陛下の許しを得られた婚姻が破綻《はたん》した例は、これまでひとつもなかった。

「次の相手なんて、なんで、そんなこと言うの」

「俺は旅の途中で決めていた。リュリが俺を選ばないなら、二度と会うこともない。船で海に出て、帝国には帰らずに生きていこうと」

カイルはまじめな顔をして、とんでもないことを言い出す。

公爵家の嫡子という己の立場を常に自覚していたはずの彼が、いったいどうしてしまったのか。

二年をかけた船旅の間に、リュリの理解が追いつかないほどの大きな変化が、彼の中で起こっていたのか。

「カイル……」

「ほかの誰かのものになるリュリを見たくはない。俺じゃない相手のために、リュリが変わるなら」

抱きすくめてくる男の胸板を、なんとか押し返そうとあらがうリュリの指には、先刻の結婚式で嵌め直された、大きな指輪が光っている。

祭壇の前で、銀の台座に紫の石を乗せた家宝の指輪を嵌めて、リュリの手の甲にくちづけし、生涯の愛情をリュリただ一人に捧《ささ》げると、カイルは誓った。

リュリもまた、彼の伴侶となる決意の言葉を復唱したけれど。

そんな誓いを立てた事実が、今でもまだ信じられない。——こんなに気持ちがすれ違ったままなのに。

「カイル、……ん、——っ」

抗議の声をあげかけて開いた口をふさがれる。いつでも励まして力強い言葉をくれた、

頼もしい友の唇で。

『くちづけをして交わる』とキラルが言ったのを覚えている。でも、それまでのリュリは、本当はわかっていなかった。

今、カイルに唇を貪《むさぼ》られ、口の中に押し入った舌を動かされて初めて、『交わる』という言葉の意味を実感している。

「ん、んんっ」

彼が傾けた顔の角度を変えるたび、咬《か》み合わせた唇の隙間から、喘《あえ》ぎが飛び出す。

胸板を押し戻すつもりでいたリュリの手は、いつの間にか彼の肩にしがみついていた。

そうしないと、高いヒールの靴を履いた足が膝から崩れて、床に転げそうだったから。

唇を分け入った先に隠されているやわらかく濡《ぬ》れた肉を、彼の同じ器官で撫でられるうち、全身に痺《しび》れるような震えが走る。

自分の目にも見えない身体の奥深い場所をカイルに弄《いじ》られている。

そう思うだけで頭の中が真っ白になって、ぎゅっと閉じた目尻《めじり》から涙があふれる。

だけど、彼はまだやめてくれない。

「っ、……は、あっ」

彼からぶつけられた猛々《たけだけ》しい激情に巻き込まれて、リュリはかすかな昂りを覚えていたかもしれない。

でも、それだけじゃなくて、いまだ怯える気持ちのほうが、ずっと大きい。

ようやく唇を解放されたあとも、ぽろぽろとこぼれる涙を、リュリはいつまでも止めることができなかった。


——一晩で髪や目の色が変わるなんてこと、本当にあるんだろうか。

自分は、変わってほしいんだろうか。

もしも朝になっても、なにも変わっていなければ、二度とカイルに会えなくなる。

想像しただけでも恐ろしくて悲しくて、リュリは寝具の中で身をちぢこめる。

広い寝台の半分は空だった。

カイルは、リュリが発情期に入ったことを確かめるまでは、もう触れないと約束し、くちづけのあとで部屋を出ていった。

今の状態では一緒にいても緊張するばかりだと、わかってはいるけれど。

それでも淋しくてたまらない。リュリは天蓋《てんがい》付きの寝台の豪奢な寝具に埋もれながら、ぐずぐずとしゃくりあげている。

——もしも万が一、発情したとしても、そのあとはどうなるのだろう。

子供を産まなかった場合はキラル同様に、エメラかセメレの子の一人が成人したのち、跡継ぎにもらい受けることになる。

それまでは貴族の妻らしく、屋敷の奥深くにこもって暮らすのか。

美貌を見せて、伴侶以外の者の欲望を刺激してはならないという皇帝陛下の戒めに従い、ヴェールをかぶって行動を制限される。この二年間と同様の窮屈な生活が、この先一生続くなんて、信じたくない。

だけど、たとえ変化が起こらなくても、自由な立場になれるわけじゃない。

その場合は、リュリから離れて帝国を去るとカイルは言った。

ほかの誰かを選ばせるためにリュリを置いていき、二度と会うことはないと。

海に船出するという夢は？　夢のままで終わってしまうの？

「どうして……」

そんなのは、どっちもいやだった。

なんで、そんな思いをしてまで、大人にならなきゃいけないのか。

カイルを諦《あきら》めるのか、それとも彼と語り合った夢を諦めるのか。

つらい選択を迫られて、リュリは泣きながら、いつしか眠りに落ちていた。

目覚めたのは、ひどく熱くて寝苦しかったからだ。

窓の外は明るくて、すでに朝なのかもしれないが、ぐっすり眠った気はしない。

夜間に熱でも出たのだろうか。起こした身体は、ぐったりと疲れきっている。

昨夜はドレスを脱いでコルセットを外して、薄い肌着を着たままで眠った。

寝台脇の椅子にかけた豪奢な衣裳の残骸《ざんがい》から目を背け、部屋を見渡し探してみるが、替えの衣服はどこにも用意されていないようだった。

着るものが婚礼衣裳のドレスしかないと思うと目眩《めまい》がしそうだが、今はともかく風呂《ふろ》に入って汗を洗い流したい。

誰にも見られませんようにと祈りながら、透ける肌着一枚を纏って、まだよく知らない部屋から、浴室を探しに出かける。

寝室を出て、衣裳部屋に挟まれた廊下を通り、突きあたりの扉を開けると、そこは脱衣室だった。全身が映る大きさの楕円形《だえんけい》の鏡とドレッサー、それから棚にはタオルが積みあげてある。

そして横手の入り口からはタイルの床が始まる。

その先には階段を下って湯に浸《つ》かるかたちの大きな湯船があった。水面に色とりどりの花びらが浮かんで、甘い香りをあたりに漂わせている。

公爵家では、こんなふうに花を浮かべて優雅な入浴を楽しむ習慣があるのだろうか。

そう考えてから、これもまた新婚夫婦のために用意された特別なもてなしかと思いあたり、当事者であるはずのリュリは複雑な気持ちになった。

結婚式を挙げたばかりの花嫁ならば、花の香りに包まれることに喜びを覚えるような、幸せな気持ちでいるべきなのに。

泣き疲れて眠ったリュリは、重く痛む頭と憂鬱《ゆううつ》な心を抱えている。

ともかく今は、なにも考えずに湯に浸かろうと、裾の長い薄い布地をたぐり寄せる。

肌着を脱ごうとして頭から引き抜いたとき、視界の端でなにかが光った。

「なに……」

不思議に思って頭を振ると、目の端で、それはきらきらと輝く。

普段はことさらに目をそらして、鏡を見ないようにしているリュリだが、気になってつい、楕円形の鏡に目を向けてしまった。

「……——え？」

自分の姿を直視するのは好きじゃない。髪と目のぼんやりした色合いや、おどおどした表情や、自信なさげな態度を目にすると、情けなくてたまらなくなるから。

でも、このときリュリは生まれて初めて、鏡をまじまじと見つめた。

視線の先には、見覚えのない人間が映っていたからだ。

細い首筋にまとわりつく髪が銀色に光っている。

前髪の隙間から覗く大きな瞳は濃い紫色にきらめいている。

まるで、指に嵌っている指輪が人の姿をとったようだった。

「うそ……」

リュリがなにより驚いたのは、肌だ。

最初は汗ばんでいるのかと思ったが、違う。

腕も指も、まるで真珠を貼《は》りつけたような光沢を帯びていた。

抱え込んで身体を隠していた肌着を遠ざけて、おそるおそる胸元に目をやるが、そこに母や姉と同じふくらみは見つからない。

そして、さらに視線を落とした先には、まだ『余計なもの』がついている。

「なに、これ、……どういうこと？」

熱があるのか、身体が内側から熱い。だけど背筋に寒気が走る。

変化は起こらないだろうと覚悟していた、自分自身の肉体に裏切られたようで――。

『いいや、変わる。発情期は来るんだよ。ルルフォイの末裔に生まれた以上は避けられない。受け入れるしかないんだ』

言い聞かせるようなキラルの言葉を思い出して、リュリは息を呑む。

「そんな……」

——カイルが好きだと思う、その気持ちは変わらない。

ほかの誰より、今でも好きだ。

でも、信じられない。たった一度のくちづけで——。

学校に行っていた間、流れてくる噂を耳にしたことはあるから、結婚した相手となにをするのか、おぼろげにはわかっている。裸になって抱き合うのだ。

カイルと結婚式は挙げたし、リュリの外見は変わったのかもしれないが。起こった変化は予想もしない中途半端なものだった。

こんな身体で彼と抱き合うなんて、可能とはとても思えない。

これからどうすればいいのか。考え出すと恐ろしくてたまらなくなり、リュリはしばらく消えていたくなる。

床に穴でも掘ってもぐって、自分の身体を誰の目からも隠していたい。

手にしていた肌着をドレッサーの椅子の背にかけ、鏡から目をそらして湯船に急ぐと、花びらがまとわりつく湯に裸身を埋めた。

「どうしよう……」

湯気に包まれると、甘い花の香りでむせ返りそうになる。こんな贅沢《ぜいたく》な空間にふさわしくない、途方に暮れた呟きを洩らしたとき、脱衣室の扉が開く音がした。

「――リュリ、いるのか？」

カイルが呼びかける声が、それに続く。

「あ……」

彼が昨夜、どこで休んでいたのか知らない。でも朝になって寝室に戻ってみたら、リュリの姿がなかったからか、ここまで探しに来たらしい。

「カイル、あの、今あがるから、着替えを……」

リュリは湯の中にしゃがみ、首から上を出しているだけだが、その姿に視線を向けたカイルの表情が、みるみるうちに変わっていく。

「リュリ……」

彼は皺《しわ》の寄った白いシャツと黒い下衣を身に着けているが、足元は裸足《はだし》だ。リュリがこれまで見たこともない隙だらけの格好で立ち尽くしている。

呆然と目を見開いた、彼らしくもない様子を目のあたりにしたら、リュリも認めざるをえなかった。

――さっき鏡に映った姿は、自分の見間違いじゃない。

外見の変化は、他人の目からも本当に見える、現実に起こったことなのだ。

「リュリ」

何度か名前を呟いたあと、いきなり彼が動き出す。

驚いたことに、カイルは服を着たままで湯船に踏み込むと、花びらをかき分けて突き進んでくる。

その勢いに呆気《あっけ》にとられ、リュリがただ目を瞠るうちに、彼の身体が迫ってきた。

「リュリ！」

辿り着いた彼はリュリの腕を掴むと、湯の中に隠れていた身体を引きあげる。

「な、な、なに、カイル、待って、まだ……」

抗議しかけた言葉は聞き入れられず、リュリは肌のあちこちに花びらが張りついた裸のままで抱きしめられてしまう。

「……ああ、リュリ、――本当に？」

強く抱きしめてから、まじまじと顔を覗き込む。動揺をあらわにしていた彼の顔に、次第に安堵《あんど》の笑みが浮かびあがる。

リュリは自分の外見の変化にも、裸で彼の腕の中にいる状況にも激しく狼狽《ろうばい》していたが、再会した日以来、ようやく見られたカイルらしい笑顔にはあらがえなかった。

「よかった、リュリ」

彼は、変化が起こったことを素直に喜んでくれているようだった。

リュリ自身は、どうなのだろう。

よくわからない、——うれしいのか、恥ずかしいのか、怖いのか。

なにか言おうにも、今の気持ちを伝えるうまい言葉が見つからない。歯がゆい気持ちで彼を見つめるばかりだ。

「……っ」

強く抱き寄せられて、腰にまわった彼の手の大きさを意識する。

「カイル……」

名前を呼ぶ声がうわずり、奇妙な調子になってしまう。——まるで甘えてすがりつくような。

なぜだかわからないが、頬がカッと熱くなる。

きっと赤くなっている顔を見られるのが恥ずかしくて、リュリは間近に迫った彼の顔から目をそらす。

「リュリ、俺はおまえを諦めなくていいんだな。こうして発情期に入ってくれたなら」

リュリが顔を背けているから、カイルの唇はちょうど耳許にあった。

彼は耳の中に直接吹き込むように、その言葉を囁く。

耳朶《みみたぶ》に息がかかり、鼓膜が振動し、リュリの身に震えが走る。

「発情期なの、これ?」

「ああ、そうだ。……話に聞いただけだと到底信じられなかったが。本当に一晩で変わるなんて」

リュリが戸惑う瞳を向けた先には、カイルのやさしい笑顔がある。やさしいだけじゃなくて、うっとりと見とれるような表情を浮かべている。

「すごく綺麗だ」

自分に対して言われたものとは思えない言葉を聞いて、リュリが当惑していると、情熱的な唇が近づいていた。

そして、「待って」と言う間も与えられず、再びくちづけされてしまう。

「……ん、んっ」

目覚めたときから熱があるような気がしていたが、リュリの体温はあがっているのかもしれない。

唇から押し入ってきた彼の舌を受け入れる自分の口の中が、かきまわされるうちに溶けていきそうなほど熱かった。

肌の状態も、なんだかおかしい。神経が過敏になっているようで、カイルが着ている服とこすれ合う箇所が痛い。

——これが発情期？

でも、変だ。

男のカイルに対応して発情したなら、女の子になるはずなのに、リュリの身体の造りは今までのままらしい。

まだ変化の途中なのかもしれない、だから待ってほしい。——そう言いたかったのに。くちづけされたら力が抜けてしまった。湯の中に崩れかけた身体を、彼の腕に抱きあげられる。

思考がまとまらない頭と痺れる唇で、意味のある言葉など、なにも言うことはできないまま、寝室に運ばれた。

「カ、カイル……」

寝台に横たえられたリュリは、裸の身体の傍らに膝をつき、服を脱ぎ捨てていく彼を、ぼうっとした表情で見あげている。

これからなにをするのかなんて質問は、もはや無意味だ。

問いを声に出すより先に、全裸になった彼が、リュリの上に身を屈めた。

くちづけの余韻で、まだ濡れている唇同士が触れ合うと、もう最初から痺れるようなおののきが身を貫く。

その感覚を、なんと呼べばいいのか。

「……っ、あ」

カイルの肌と自分の肌が、なにに隔てられることもなくくっついているなんて、頭の中では今でも信じられずにいるのに。

——これって、なんだろう。

もしかして、『気持ちいい』？

「リュリ」

耳の付け根にくちづけされながら、のけぞった腰を引き寄せられると、肌の下がざわっとうごめく。自分の咽喉から洩れた変な声が遠くで聞こえる。

「ひゃ、うあ……」

カイルが、肌のあちこちを撫でている。ときには長い指先で探り、唇でも触れる。

彼の手が、こんな動き方をするなんて知らなかった。

触れられるたびに、自分の身体がやわらかくなっていくような気がする。

「っ、なに、……なんか、変」

どんどん変になっていく。

一度『気持ちいい』と思ってしまうと、その感覚の波はさらに大きくなって、次から次へと絶え間なく襲いかかってくるようだった。

「や、や、カイル、まっ……」

待ってと言おうとしてもがいても、体格で勝るカイルが上からのしかかっているから、どこにも逃れられない。

すんなりした細い脚を掴まれて、そのまま左右に大きく開かれてしまう。両脚の間には彼の裸の腰が進んでくる。

「——っ、や、まだ、だめ、無理」

必死になって暴れたら、カイルが動きを止めてリュリを見つめた。

「リュリ、いやなのか？」

「そうじゃなくて、無理。変わってないの、まだ……」

ほかのルルフォイの末裔とは異なる姿に生まれついてしまったと、リュリに劣等感を抱かせていた身体の一部が、なにも変わらずに残っているのだ。

幼いあの日、カイルに見せたかたちのままで。

おかしくなんかないよ、と言って慰めてくれた彼は、今もリュリの決死の告白をまじめな表情で受けとめてくれている。

「これ以上、変わらなくてもいい。リュリが俺のために発情期に入ってくれたなら、それだけで充分だ」

「だけど、っ」

無理だと言った意味を確かめるためにか、カイルはやさしくくちづけしたあと、リュリの裸体の細部を辿る視線を下のほうに向けていく。

「な、なにするの……?」

リュリが戸惑ううちに、カイルの頭は広げた脚の間の位置まで下がってしまった。

そんな場所を彼に見られていると思うと、羞恥のあまり身体がすくんでしまう。

「っあ、っ」

寝具を掴んでこらえていたリュリは、そこに息を吹きかけられて、ぶるっと身を震わせた。次には、さらに大きな衝撃が来て、なにが起こったかわからなくなる。

それは、これまで一度も経験したことのない感覚だったから。

「ひゃ、ああっ」

リュリの薄い下腹からわずかに突き出した男の子の部分を、カイルの舌が舐《な》めている。今まで知らなかったが、そこには神経が密集しているのか、濡れた舌になぞられただけで、傷口を弄られたような衝撃が脳天まで突き抜ける。

痛くて、でも痛いだけじゃなくて、びりっと痺れるような感じだ。そして舐められたそこが、きゅっと凝《しこ》っていくような。

「カイルっ、やっ、そんなのっ」

リュリはじたばたと暴れているのに、カイルの手は容赦なく両脚を押し開き、抱えあげていく。

前のひどく敏感なところだけじゃなくて、そこからもっと後ろのほうまで、熱い舌で濡らされる。

やがて、舐められるだけじゃなくて、もっと違う感じがした。それまで広げて舐めていた舌が尖ったかたちになって、身体の中に差し込まれているような。

「や、やっ、そんなことしたら、だめ……」

上半身は抱え込んだ寝具で隠しているのに、下半身は大きく開かれて、信じられないところを彼の舌で濡らされている。

目眩がするほど恥ずかしいのに、逃げ出すことなんか考えつかなくて。リュリはただ、すすり泣きを洩らして、びくびくと腰を跳ねあがらせている。

まるで、気持ちと身体がばらばらになってしまったようだった。

「なんで、カイル、なに、っあ……」

カイルはやがて、そこをいじめるのをやめて身を起こすと、リュリの手から寝具を奪って向き直らせる。

リュリは涙目で見あげているのに、カイルはうれしそうに笑っていた。

恨みがましい気持ちになっていたはずが、野性的な男らしい笑みを目にしたら、胸の奥がドキドキと苦しくなってくる。

「だめ、って言ったのに」

「大丈夫だよ。リュリ、可愛い……」

「っあ、っ……なに？」

開かれた脚の間にカイルの裸の腰がぴったりと収まる。

さっきまで彼の舌がつついていた場所に、別のかたちが押しあてられる。

「カイル、なに？」

「リュリに見せたことあるだろう、六歳のとき、温室で」

初めて出会ったあの日、温室で服を脱いで、互いの裸を見せ合った。

「みんな違う」と言って見せてくれた彼のそこは、六歳当時ですでに、リュリのその部分よりもずっと大きかったが。

「う、うそ、こんなに？」

体格が立派になった分、彼のそこも大人びて男らしく成長しているのがわかった。

硬くて、信じられない大きさが、ぐりっと動いてリュリの中に頭をねじ込もうとする。

「ひゃ、無理、こんな、おっきい……」

「怖がらないで、リュリ」

「や、あ、――っ」

自分の中に押し入ってくるのがカイルの身体だなんて、現実のこととはとても思えなかった。

内側から響いてくる衝撃に、リュリが喘いで目を見開くと、盛りあがった涙があふれて目尻を伝う。

「……本当に宝石みたいだ」

紫の瞳からこぼれ落ちる涙を見つめて、カイルが感嘆の呻《うめ》きを洩らす。

その呻き声と彼が吐き出す荒い息に連動した動きで、リュリは貫かれていく。

「――ッ、……や、あっ」

「大丈夫だ、いやじゃないだろう？」

恐ろしい、信じられない事態になっているのに。

自分でも驚いたことに、リュリの身体はカイルを受け入れていた。

細い腰の内側で、押し広げられたその部分は、ぴったりと吸いつくように締めながら、猛々しい彼のかたちを迎え入れる。

「やっ、なに、変」

彼にこすり立てられたところから、痺れるような感覚が湧き起こっているが、確かに痛みはなかった。

——苦痛どころか。

まるで、そこから溶け出しそうな気持ちになってくる。

「や、熱い、……カイル、ッ」

彼の肩にしがみつき、声をあげたら、なにがなんだかわからなくなってきた。

もう、余計なことはなにも考えていられないくらい、頭の中がぼうっとしている。

「あっ、……あーっ、やっ、やっ、なに」

「……っう」

リュリだけじゃなくて、カイルも声を洩らしていた。

苦しげに呻くのはリュリのせいなのか。

リュリは自分の身体の一部が、彼の身体の一部にからみつき、きつく絞りあげているのを感じる。

「カイル、あ、――っ、あっ」

のしかかる男の広い背中に腕をまわして、振り落とされないようにすがりつきながら、リュリが頭をのけぞらせると、頬を伝った涙が耳に流れ落ちる。

痛みじゃなくて、昂った感情のせいで、あふれて止まらなくなった涙が。


「俺は、リュリが恋しかった」

寝台に並んで横たわり、リュリの背後から覆いかぶさるように抱きしめて、耳許でカイルが囁く。

「視察の旅に出るのは公爵家に生まれた者の義務だが、二年も帝国を離れている間に、リュリに発情期が来てしまうのではないかと心配でたまらなかった」

伯爵家に申込みをしたけれど、婚約させてもらうことは叶わなかった。だから、せめてリュリの家庭教師を引き受けて、ほかの男は誰も近づけないようにしてほしいと、叔父を通してキラル殿に頼み込んだ、とカイルは告白する。

「どうかしていると自分で自分に呆《あき》れていたが、……よかった、報われた。リュリが俺のために変化したんだ、俺を受け入れてくれるために」

二人とも服は着ていないから、密着した肌から、感情がたやすく伝わってしまう。

抱きすくめてくる彼の激情に押し流されていくようだった。

「カイル……」

唇を首筋に埋められて、リュリは喘ぎを洩らし、胸にまわった彼の手を握る。

やっと落ち着いたばかりなのだから、もうちょっと待って、と言いたくて。

「ああ、わかっている。休暇は七日もあるのだから、そんなに急がなくてもいいと言いたいんだろう？」

成人を迎えたルルフォイの末裔の身には、七日の間、発情期が続くと聞いている。

皇帝陛下からの褒美として結婚休暇をいただいたカイルとリュリを邪魔するものは、なにもなかった。

「七日も続くの？　死んじゃうよ」

首をねじって背後に顔を向け、哀れっぽい声でリュリは訴えるが、カイルは楽しげに笑っている。

彼の唇の隙間から白い歯が覗く。

あの清潔な白い歯が、リュリの身体のあちこちをいっぱい舐めてかじったなんて、信じられない。

見つめながら思い出すうち、恥ずかしさで胸の奥が、きゅっと絞られたようになる。

頬を染めて顔を背けたリュリの肩に、彼が唇を押しつけた。

「リュリ、おまえが可愛くてたまらない」

笑い声に耳をくすぐられると、かたちばかりの抵抗なんてあっけなく崩れてしまう。

愛撫《あいぶ》が始まれば、この肉体はすぐさま反応するように変えられてしまったらしい。

リュリは、自分で自分がわからなくなっていた。

カイルの手が胸元を撫でる。もう一方の手が後ろにまわり、ちいさなお尻を割り開く。

押しあてられるもののかたちを、リュリはもう、知っている。

「ん、っ……」

一休みする前まで、その感触はずっと身体の中にあったから馴染んでいて、またもぐり込もうとするのを妨げる動きはどこにもなかった。

「なんで……」

やわらかくほぐれたリュリの肉の中に、硬く尖った彼の肉が沈み込んでくる。

「……なんで、気持ちいいとか思うの？　発情期だから？」

「愛しているから」

返された思いがけない言葉に、リュリは目を瞠る。

「生涯の愛情を捧げると祭壇の前で誓ったが、その言葉通りの気持ちだ。愛している、リュリ」

「っあ……、っ」

リュリは彼を受け入れて揺すられながら、言葉の意味を考えようとする。

友達だったときにも、カイルに会いたくてたまらないと思っていたけれど。

あれは恋愛感情だったのだろうか。あの頃から、自分は彼に恋していたのか。

――これが『愛してる』っていう感じなの？

確固たる答えを見つけられないうちに、熱くなった身体の奥で思考は溶けていくようだった。


公爵家の中でも、ここは嫡子が新婚生活を送るために用意されていた一棟だ。でも、全体がどれほどの広さなのか、いったい何部屋あるのか、リュリは知らない。

自分たちがこれから暮らす家だというのに、一通り見てまわってもいないのだ。

リュリの行動範囲は、寝室と浴室の間だけ。窓の外に広がっているはずの庭に出てみたこともない。

毎日カイルの腕の中で眠り、目覚めたら浴室に運ばれる。彼の手で身体を洗われることにも、もう慣れた。それから抱きあげられて、また寝室に戻されて。

なんだか、とてもちいさな世界に閉じ込められたような気がする。

——今日で何日?

まだ三日目くらいだろうか。それとも五日くらい経っている?

食事が運ばれる回数を数えなくなったら、いったい何回朝を迎えたのか、すぐにわからなくなってしまった。

——発情期って、みんなこんなふうになるの?

親族の誰もくわしい話はしないから、七日の間にいったいなにが、どんなふうに行われるのか、想像してみたこともない。

ときどき意識を取り戻すように、冷静な思考が浮かぶと、今の自分は、とても正気とは思えなかった。

結婚式のあの夜以来、リュリは一度も衣服を纏っていない。

ずっと肌の内に熱がこもったような裸のままだ。

食事のときも寝台から身を起こすだけで、あとは背後から抱きかかえるカイルに任せる。彼の手のスプーンでスープを口許まで運ばれる。それから果物《くだもの》も。

召使いに何事か言いつけるためか、カイルは時々寝室の外へ出る。そして次の間に届けられた食事をとってくる。だから彼は服を着ているけれど、リュリは食事の際にも、胸元をクロスで覆われるだけ。

本当は、ものの味もよくわからない。

これも発情期のせいなのか、発熱している状態と似ていて、味覚が少し変なのだ。

その分、神経が別の方向に鋭敏になっているのかもしれない。

口の中に出入りするカイルの指の感触は鮮明に感じられる。

果物を運ぶ彼の指が、ちいさな唇を押し広げる。

やわらかく濡れた内側に沈み込み、次第にリュリの口腔《こうこう》内を嬲《なぶ》る動きに変わっていく。

「ん、ふっ」

「リュリ、今は食事の時間だ。そんな声を出したら」

「だって……」

指先で顎の内側を弄られただけで喘ぎを洩らしてしまうと、カイルはサイドテーブルに皿を置き、クロスを剥《は》いで、そのままリュリの肌を愛撫し始める。

「食事、は？」

「あとで」

リュリはすぐさま快楽に翻弄《ほんろう》されて、のしかかる彼のために脚を開き、迎え入れて声をあげる。

そうしながら、かすかな恐ろしさを感じていた。

このまま七日経ったら、たとえ発情期が終わったところで、もうもとの自分には戻れないくらい、変わってしまっている気がして。


眠りから、リュリがふと目覚めたのは、何日目かの明け方だった。

なぜだかそのまま寝付けなくなって、カイルの腕からそっと頭を起こすと、彼の眠りを妨げないよう、足音を忍ばせて寝台を抜け出す。

明け方だと思ったのは、窓の外から差す陽の光が淡かったから。

庭に面した大きな窓の分厚いカーテンを全部閉め切ってしまうと、ずっと夜の中にいるようで。リュリがいやだと言ったら、カイルはそれから閉めるのをレースのカーテンだけにしてくれた。

もしも夕暮れ時ならば、窓越しに感じる光が赤みを帯びているだろう。

でも今は冷え冷えとした明るさで、空気もあたたまっていないようだった。

衣裳部屋に挟まれた廊下に出てから、裸足だったことに気づいた。

足だけじゃなくて身体も裸だ。でも、ここには今、ほかの人は入ってこないから、服は着ていなくてもかまわないだろう。

数日ぶりに自分の足で歩いたら、足元がおぼつかなくて、とても遠いところまでは行けそうもない。

どこへ行きたいというわけでもなかったが、ぼんやりしたまま浴室に辿り着いている。

鏡に顔を向けると、そこにはやっぱり、いまだに見覚えのない人間が映っていた。

戸惑いながら見つめるうちに、やがて身体のあちこちに赤く散っている不審な痣《あざ》に目が留まる。

「……なに？」

それは発疹《ほっしん》のように見えた。なにかの病気の兆候だろうかと心配になって目を凝《こ》らすと、それはいずれもカイルの唇が触れた場所だということに気づく。

「あ……」

彼の唇が強く吸って残していった愛撫の痕《あと》だ。

首筋にも咽喉元にも、薄い胸にも脇腹にも、その痕がある。鏡に映らない、――映せない場所にも、きっとついているだろう。

彼の唇が、肌の上にそれらの痕を残していくとき、肌の下には震えるような快楽が湧き起こる。

「――っ」

その感覚を思い出し、リュリはなぜだか恥ずかしさよりも、得体の知れない恐怖を覚えておののいていた。

――快楽、なんて。あんなことをして気持ちいいなんて。

この家の寝室に足を踏み入れるまでは、なにも知らないことだったのに。

わけがわからないうちに、思いも寄らない場所まで流されていくようだ。

自分のほかのルルフォイの末裔は、いったいどのような心構えで、この状況を受け入れたのか。

リュリは裸で立ち尽くし、途方に暮れた気持ちになった。

――なんでだろう。

毎日抱き合って眠って、ずっとそばにいるのに。

カイルが遠い。

温室で再会したのが、もうずっと昔のことみたい。

会いたくてたまらなかった人と、二年ぶりに会えたのに。

彼が無事に帰ってきてくれて、すごくうれしかったのに。

離れていた間、話したいことはいくらでもあった。

それなのに、ほとんど話もしていない。

旅の話なんか、なにも聞かせてもらっていない。

一緒にいても、するのは別のことだけで。

二年の間、彼を慕い続けてふくらませていた気持ちが、どこかに消えてしまいそうで、怖い。

「……っく」

リュリの咽喉から幼い泣き声が洩れる。

ふいに、淋しくてたまらなくなった。

心の支えだった親友のカイルを失ってしまったような、今の状態が。

二年間の航海に耐えたのは、リュリとの婚姻の許しを皇帝陛下よりいただくためでもあったのだ、とカイルは言った。

でも、彼が望んだリュリって、本当に自分なんだろうか。

彼もまた、ルルフォイの神話に惑わされているのではないか。

遠く離れている間、頭の中に思い描いたリュリを理想化し、再会後は、発情期を迎えて変化した姿に幻惑されているような気がする。

寝台でリュリを抱いている最中、彼は、しばしば見とれるような表情になる。

目を覗き込めば、「まるで宝石だ」とたたえ、肌に触れれば、「真珠のようだ」と感嘆のため息を洩らす。

「美しい」とか「綺麗」だとか、友達だった頃には絶対に言わなかった言葉を口にする。

リュリは今でもまだ、目の前の鏡に映る姿には馴染めないままなのに。

自分ではない、ルルフォイの末裔の幻にカイルを奪われてしまったようで。

——なぜ、孤独を感じているのだろう。

もしも変化しなければ、二度と彼と会えなくなる。それは絶対いやだった。

だから、これからずっと一緒にいられるようになった今、もっと幸せを感じていたっていいはずなのに。

◆

「リュリ、起きられるか？」

明け方、寝台に戻ったリュリは、それから寝込んでいたらしい。

再び目覚めた頃には寝室は、明るい陽の光に満たされていた。

「……今、何時、……何日？」

「結婚式から四日目の、もうじき正午だ」

ぼんやりと頭を起こしたリュリは、声がするほうを見あげて動きを止める。

それまでの日々と同じく、お腹が空くまで抱き合うものかと思っていたのに。その日のカイルは、すでに寝台を出て身支度をすませていた。

「カイル、どこかに出かけるの？」

「おまえも一緒だ。――これを着ろ」

寝具をかき寄せて上半身を起こしたリュリの目の前に、カイルは衣裳部屋からとってきたドレスを置いた。

婚礼衣裳ほど豪華ではないが、似たような純白のドレスだ。肌着やコルセットや長靴下も、その傍らに積みあげられていく。

そんな格好を我慢するのは、結婚式の一度きりではなかったのか。

それに、あの支度の際にはキラルの手を借りた。脱ぐときだって一人ではコルセットを外すことさえ大変だったというのに。

「一人じゃ着られない」

「俺が手伝う。リュリ、支度を」

カイルはなにも説明してくれないが、有無を言わさぬ様子だった。リュリは釈然としないまま、再び屈辱的なドレス姿にさせられる。

湯を使ったあと、なんとか着付けはすませたものの、ドレッサーに並んでいる化粧品の使い方がわからなくて、顔は素のままだ。豪奢なドレスの上に心細げな戸惑い顔が乗っているかと思うと、居心地が悪くて落ち着かない。

「あの、これから誰かにご挨拶とか、するの？」

「いや、違う。リュリに見せたいものがある、出かけよう」

「――え？」

黒い一揃いを身に着けて肩にマントをはおり、同色の革手袋を嵌めながら、カイルは硬い表情で言う。

リュリはといえば、肌を大きく露出したドレス姿で突っ立って、ぽかんと間抜けな表情になる。

成人後のルルフォイは、外出自体を控えるはずだ。それが発情期の真っ最中に出かけるなんて、ちょっとありえない。

「ほかの人に顔とか見られたら、いけないんでしょう、今じゃないとだめなの？」

「ああ、今だ」

抗議は聞き入れられず、ドレスの上から着せかけられた紫色のマントで全身を覆う。フードを深くかぶったリュリは、カイルに手を引かれて寝室をあとにした。

召使いも下がらせているのか、玄関までの廊下では、誰とすれ違うこともなかったが、屋敷の外に出るまでは緊張が続く。

ようやく馬車に逃げ込めるとホッとしたのもつかの間、車寄せに用意されていたのは馬だった。

「カイル……」

不安だと視線で訴えているのに、彼には伝わらないのか、それとも知らないふりをしているのか。リュリに手を貸して、強引に馬上に押しあげる。

そしてリュリの後ろに乗り込んだカイルは、前にまわした腕で腰を支えて、そのまま馬を駆けさせた。

二人の背後からは四騎、公爵家の護衛がついてくるようだ。

カイルを振り返るとフードが脱げてしまいそうで、リュリは口を噤《つぐ》み、うつむいているよりほかない。

どこへ行くのかも教えてくれないカイルの腕に、ただすがりついていると、心の中の不安が大きくなってくる。

――もしかしたら、彼は気づいているのだろうか。

今朝方、リュリが寝台を抜け出して、一人で泣いていたことに。

抱き合っている時間が終わると、リュリはいつもどこかしら怯えているような態度になってしまう。

――だって、外見が変化するという一大事が起こったあとだ。

親友と話もできないまま、次から次へと初めての体験をさせられている。

不安定な状態になったって仕方ないじゃないかと訴えたい気持ちはあった。

だけど、自分の心の中の思いとじっくり向き合って、それを言葉にする余裕が、今のリュリには与えられていない。

だから結局カイルには、なにも伝わっていないのだ。

言いたいことをずっと呑み込んでいるようなリュリの様子が、彼を苛立《いらだ》たせているのかもしれない。

彼の感情を推測してつのる不安とはまた別に、リュリには心配なこともある。

結婚式は邸内で行われたから、腰をコルセットで締めあげた窮屈なドレス姿で外に出るのは初めてだ。

まさか馬で遠出するなんて予想もしていなかったから、ドレスの下に下着は着けていない。マントで全身を隠していても羞恥がこみあげてくる。

ほかのどこにも行かずに裸で寝室にこもっていた数日間を異常な状態だと思っていたが、今になってみれば、寝台にいたほうがずっと楽だったとわかる。

そんなに速度は出していないけれど、風を切って走る馬の背で、カイルの腕に抱きしめられている。腰にまわった腕で支えられ、背中には硬い胸板が触れている。

発情期のせいなのか、ただそれだけの接触でも、リュリは息が苦しくなってくる。

密着した状態で馬に揺られているうちに、その振動が身体の芯《しん》まで響いてきた。

じわじわと湧きあがった熱が、出口を求めてぐるぐると渦を巻くような。

カイルと抱き合って繋がりを解いたあと、触れられているうちに、再び昂りを覚える。

彼にまた深いところまで入ってきて、かき混ぜてほしくてたまらなくなる。

あのときの感覚と似ていると思い始めたら、我慢できなくなってきた。

リュリはうつむいてフードの内に顔を隠して、唇をかみしめる。

洩れそうな声をこらえるうちに、もう、ほかのことなど考えられなくなる。

結婚式の前までのリュリなら、馬に乗るのも遠出できるのもうれしくて、風や木々の緑や見慣れない光景を楽しんでいただろうに。

途中の木陰で馬を止めて休息をとったときにも、護衛が用意してくれたお茶を味わう気持ちにはなれなかった。

行き先は、そう遠いところではなかったようで、陽が落ちる前に目的地に到着し、ようやく馬から下ろされたときには心の底から安堵した。

公爵家の別邸だとカイルに言われ、見覚えがあるような気はしたが、なつかしさであたりを見まわすような余裕は、今のリュリにはない。

食事のご用意ができています、と召使いが呼びかけるが、手袋とマントを預けただけでカイルは先に、顔を伏せたリュリを寝室に連れていく。

マントの上からきつく我が身を抱いて、必死でこらえているけれど、もう保《も》たない。

「カイル……」

二人きりになったときには、リュリは喘ぎを抑えきれなくなっていた。

——こんなのはおかしい。

こんなのは自分じゃない。

発情期のせいだ。だから……。

「リュリ、食事は?」

「あと、あとでいい、……カイル」

せがんですがりつくと、彼の手でフードをはねのけられた。紐を解かれたマントが足元に滑り落ちる。

「リュリ」

もう変化後の顔も見慣れているはずのカイルが、まじまじと見つめて息を呑む。

銀色の髪に囲まれた肌は、発情期特有の光沢を帯びて、真珠色に輝いていた。

潤んだ紫の瞳でリュリが見つめると、カイルは荒々しく腕に抱き寄せ、襲いかかる激しさでくちづけをする。

リュリはおののきながらも安堵して、自分からも貪るように彼を求めた。

「カイル、っ、あっ」

耐えていた時間が長かったからか、思考はもはや失われている。

ドレスの肩を大きく開かれて、熱い唇を胸元に押しあてられると、それだけでリュリの膝は震え始め、立っているのもつらくなる。

ここは廊下から入ったばかりの次の間だ。寝室はその奥で、天蓋付きの寝台が見えているけれど、遠い。とても自分の足では歩いていけない。

安心して身を横たえられる寝台まで、カイルは連れていってくれない。

リュリは絨毯《じゅうたん》に崩れそうになり、すすり泣きを洩らしながら手近な壁にすがりつく。

「カイル……、っ」

ドレスの下の、下着を着けていない足の間で、ちいさな男の子のかたちが、腫《は》れたように熱を持っているのがわかる。

カイルの手が、たくしあげたドレスの裾から入ってくる。長靴下が終わった位置からむき出しになっている腿を撫でられてリュリが震えたとき、ノックの音が響いた。

「若様、お食事はいかがなさいます?」

問いかける召使いの声が近い。

すがりついた壁のすぐ横には扉があり、その向こうに誰かが立っているのだ。

ルルフォイ伯爵家では、なによりも慎みを重んじて暮らしていた。

日々の世話をしてくれる召使いを困らせるようなことは、決してしてはいけないと、母から言い聞かされている。

だから、リュリは息を殺してじっと身を硬くした。

「……っ」

それなのに、ドレスの内側でカイルの手がうごめいている。前にまわった彼の手に、一番敏感な場所を探られて、リュリの咽喉から鋭い声が飛び出してしまう。

「あ、――ッ」

途端にノックの音が止み、召使いの足音が遠ざかっていく。

「カイル、……や、っ」

「なにがいやなんだ」

はかない抵抗に怒りと欲情をかき立てられたのか、カイルは壁に両手をつくリュリを後ろから抱きしめて、ドレスの裾をまくりあげる。

「やっ、そんなの、恥ずかしい……」

信じられない格好をさせられて、リュリはとうとう泣き出してしまう。それでも、湧きあがった熱を抑えることはできなくて。

カイルが、猛《たけ》ってそびえ立つものを背後で下衣から取り出す気配がする。それをすりつけられると、自分から腰を突き出していた。

昨日まで数えきれないほど受け入れた彼のかたちは、すでにその場所に馴染んでいて、

すぐさまちいさなお尻の狭間に押し入ってくる。

「やっ、カイル、カイ、……ッ」

リュリはあられもない姿で彼を受け入れながら、羞恥に身悶《みもだ》えて泣いた。それと同時に、目もくらむような快楽を味わっている。

「っ、あ、——っ」

頭が真っ白になるような感覚の中に突き落とされて、びくびくと何度か大きく身を跳ねさせたあと、ぐったりと力の抜けた身体を抱きあげられた。

そこでようやく寝台に連れていかれたが、彼はリュリを楽な姿勢にさせてくれない。

「カイル、待って、待っ……」

ベッドに腰かけた彼の膝の上に乗せられる。

ドレスを剥ぎとられ、コルセットとガーターベルトだけ着けた姿にされてしまう。

上衣を投げ捨てた彼は、まだシャツと下衣を身に着けていた。だから、肌に触れる感触が違う。互いに全裸で抱き合うときよりも落ち着かない。

「リュリ、俺がいやなのか?」

「いやじゃない、そうじゃなくて……」

「いやか」と訊いてくるカイルに、リュリは「怒っているの?」と訊き返したかった。

なにかがどこかで大きく食い違ったままだ。

それなのに身体だけは、すでに慣れた熱さで繋がり合う。

「っあ、あっ……」

甘い喘ぎ声をあげながら、リュリの心の中には恐れが湧いていた。

――やっぱり怒ってる？

まるで憤りをぶつけるような激しさで彼は攻め立ててくる。

リュリは、いじめられたみたいな気持ちになって怯えているのに。

ようやく飢えを満たされた身体は歯止めが利かなくなっていて、彼から与えられる熱がもっと欲しいと貪欲《どんよく》にからみついていく。

大きく脚を開かれた淫らな姿で、身体の奥をかき混ぜるように下から突きあげられる。

「カイル、っ」

快楽を貪るリュリの肉体は、あっという間に熟してしまった。

でも、心はまだ急激な変化についていけなくて。

幼い子供のままで立ちすくんでいる。

◆

明くる日の朝、再び馬に乗せられる。

リュリはマントのフードを深くかぶっていて、公爵家の別邸の周囲の景色を心ゆくまで眺めることは叶わなかったが。馬上から見下ろす木立の感じには見覚えがあった。

——ここに遊びに来たことがある。

あれは十六歳だった。卒業の年の長期休暇に入った頃にカイルに連れられて、何日かを、のどかなこの地ですごした。

宮廷から放射状に広がるかたちで貴族の館は集まっているが、その中でもリディウス公爵家の本邸は、とりわけ中央に近い位置にある。

この別邸はそれとは対照的に、貴族の居住区の一番外側の、城壁のすぐ内側にあり、領土は東の門まで続いているそうだ。

縦に長いかたちの帝国では、東の門から海に面した砦までが一番距離が短いため、まっすぐに繋がる道が築かれているという。

皇帝陛下の軍隊は、皆その道を通って海に出ていくのだと。

別邸に滞在していた間中、カイルの寝台で枕を分け合って、そんな話を夜通し聞かせてもらった。

彼と一日中一緒にいられるだけでもうれしいのに。

大人びた物知りの彼から、未知の世界の話を聞かせてもらうのはなにより楽しくて、リュリはいつでもわくわくしていた。

——本当はいつまでも、あんなふうにしていたかった。

だけどリュリはもう、子供じゃなくなってしまった。

それに親友同士ではしないことを、カイルとしてしまっている。

もう昔のように、楽しい時間を共にすごせる友には戻れないのかと思ったら、リュリは無性に淋しくなった。

それでも馬は前へと進み、巨大な門をくぐり抜ける頃には、頭の中の憂鬱な考えよりも、初めて目にする光景に意識を奪われかけている。

リュリは幼い頃に何度か、貴族の領土を守る城壁の外に連れていってもらったことがある。父と一緒に、屋敷に長く仕えてくれている使用人の一族の見舞いに行ったのだ。

でも、あれはにぎやかな街の中だった。

軍隊の通り道は、それとは全然雰囲気が違う。

広い道の両側にひしめき合っているのは、宿泊施設や、旅の装備を調えたり武器や乗り物を調達するための店らしい。

伏せた視界の端にわずかに飛び込んでくる光景は刺激的で、リュリの胸には子供の頃のような好奇心がよみがえってきた。

「カイル、どこに行くの？」

「リュリに見せたいものがあるところだ」

昨日と同じやりとりを繰り返していても、次第に期待が不安を上まわっていく。やがて二人を乗せた馬は巨大な建物の前で止まった。

城壁かと見間違いそうな高さまで壁がそびえ立っている。

リュリが馬から滑り降りると、ふわりとあたりの空気が動く。今まで嗅《か》いだことのない奇妙な匂《にお》いが立ちこめた。

「これは潮の香りだ。この造船所はひとつの街ほどの大きさがあって、向こうの端は砦から突き出している。その先は、もう海だからな」

「海の匂い、……ここ、海の近くなの？」

思いがけない展開に、胸がドキドキと高鳴った。

巨大な灰色の建物の中に入り、自動で昇降する箱に乗って四階まであがる。噂に聞いたことはあるが、これは初めて体験する装置だった。

その箱から連れ出されて、目に入った光景に息を呑む。

「リュリ、見てごらん」

カイルに促されて見下ろした先には、白い大きな船があったのだ。

ガデス将軍の家にある精巧な模型をキラルに見せてもらったことがあるが、本当にそれと同じかたちをしている。

まだ完成してはいないのか、ところどころに作業用の足場が組まれていた。

その船の周囲に充分な空間をとって、四階分の回廊が四方からぐるりと囲んでいる。

カイルとリュリがいるのは最上階で、あたりに人影はなかったから、リュリは視界を狭めるフードをずらして、食い入るように船を見つめる。

「あれが、リュリを乗せて二人で旅をするための船だ」

公爵からカイルへの成人の贈り物だと聞いている。立派な船を指して言われて、リュリは凝視の視線を船から彼の顔に移した。

「いつか、リュリにも海を見せてやると言っただろう」

「……忘れていなかったんだ、約束」

「忘れるわけがない」

彼の力強い答えを聞いて、リュリは涙が出そうになるほどうれしかった。

ただ、同時に心の中では疑問が頭をもたげている。

「でも、ルルフォイの末裔が貴族の奥方になったら、普通は館の奥で閉じこもって暮らすでしょう。一緒に海の向こうに行くなんて、許されるのかな」

無理なんじゃないかと、ためらいながら口にすると、カイルは鉄の柵《さく》に手をついて身を屈め、リュリに言い聞かせるようにして、彼の計画を語り始めた。

その表情は生き生きしていて、真摯なまなざしはまっすぐリュリに向けられている。

そして、力強くて頼もしい彼の声。

なにもおかしくなんかない、大丈夫だよ、といつでも励ましてくれた、リュリの大好きな声だ。

「二年かけて巡った海外の大陸には、いまだ皇帝陛下の支配を拒む民族もあり、不安定な同盟や不穏な領地もあった。そこで俺は陛下に、もっと時間をかけて各国で暮らしながら視察を続ける大使の任を願い出た」

公爵家の嫡子ならば、いずれは皇帝陛下の側近となり、宮廷に出仕する身分となって生涯を送ると、生まれたときから決まっている。

成人後も遠い海外に赴くなんて、前例のないことだろう。

「未発達な海外諸国には、人身売買の習慣を残す蛮族もいる。実は、大陸にやってくる帝国の軍団は美しい人種をさらっていって奴隷にしている、などという間違った噂が根付いたままの地域もあるんだ」

「それ、まさかルルフォイのこと？」

「ああ。皇帝陛下も、是正しなくてはならない問題とお考えのようだ。だからルルフォイの伴侶を同行して仲睦《なかむつ》まじい様子を披露し、リュリからも、陛下が異民族に対して弾圧などを行わないことを語らせてはどうかと申しあげたんだ」

「語るって、――僕が？」

いつでも人の後ろに隠れて身をちぢこめていた自分が。

見たこともない異民族を前にして、皇帝陛下のご意向を語る？

「怖いか？」

「怖いもなにも、……知らないもの。海の向こうの異国がどんなふうなのか」

リュリが戸惑いながら呟くと、カイルは慌てた表情になり、その態度から、それまでの堂々とした様子が消えた。

「そうか、そうだな。リュリはまだ、なにも知らない。――それなのに俺が一人で決めてしまって」

皇帝陛下に申しあげたと言うのなら、それは御前祝賀会でのことだろう。おそらく婚姻のお許しをいただいたときか。

リュリと再会するより先に。

リュリに相談して答えを受けとるより先に。

ちょっと皮肉な気持ちになったリュリの心の声が聞こえたように、カイルはにわかにうろたえている。

「本当は結婚を申し込んだとき、なにより先に言うべきだった。——でも、まさかリュリに逃げられるとは思わなかったから、順番を間違えてしまった」

ショックだったんだ、とカイルは気まずげに視線を落として呟く。

革手袋を嵌めた手で口許を覆ったり、こめかみを押さえたり、落ち着きを失って。

でも、そんな彼を見ているうちに、リュリの顔には笑みが浮かんだ。

今の彼よりもずっと激しく狼狽して、すべてをめちゃくちゃにしてしまった、あの最初のときに戻って、そこからやり直そうと思う勇気が湧いてくる。

「僕もいけなかった。すごくカイルに会いたかったのに。『結婚』なんて言われて驚いて、ほかのことはなにも考えられなくなっちゃって」

「俺を許してくれるか？」

「カイルも僕のこと許してくれる？　あんなふうに逃げたりして、ごめんね」

リュリがはにかみながらあやまると、カイルがふいに噴き出した。それから、おかしくてたまらないというように声をあげて笑う。

「俺は家宝の指輪を預けていったのに、信じられない。全然、気持ちが伝わっていなかったなんて」

「それは！　しょうがないよ、二年前のカイルは友達だったんだから」

リュリがむきになって抗議すると、カイルは笑いを収めてやさしい表情になり、甘さを含んだ声で囁く。

「ああ、そうだな。でも今の俺は、リュリの友達でもあり伴侶でもある。それを認めてくれないか？」

リュリの瞳と同じ色の指輪を嵌めた手をとって、再会した日を再現するように、カイルが唇を押しあてる。

リュリは一瞬身をすくめたけれど、もう驚いて逃げたりはしない。

指だけじゃなく身体中でカイルの唇の感触を覚えているから、もう怖くない。

結婚式の祭壇の前で、互いを伴侶とする誓いの言葉はとうに述べた。それを今さら確認し合うのもおかしかったが、リュリは「いいよ」と囁き返す。

カイルは両手を伸ばしてリュリを抱き寄せると、ほかの階から見えないように柵を離れた位置まで下がる。

それからリュリのフードを全部脱がせて、間近から顔を覗き込む。

「本当に?」

「うん。だって、もう結婚しちゃったよ」

「友達で伴侶で、それから恋人でいいか?」

「……伴侶でも恋人でも。カイルが、僕の一番の友達でいてくれるなら」

そう言ってから、リュリは盛大に照れてうつむく。

「もう、『僕』って言ったらおかしいかな」

「呼び方なんか、なんでもいい」

カイルはやさしい声で言ってくれる。

頼りになる親友の声で。

それから、耳の奥まで響いて肌を震わせる恋人の囁き方で。

「リュリがリュリらしくいてくれたら、それだけでいいんだ」

——リュリらしさって、なんだろう。

リュリは幼い頃から劣等感を抱いていた。ルルフォイは美しい一族なのに、自分はその一員にふさわしくないと勝手に決めつけて落ち込んで。

なんの役にも立たない存在だと思って、ずっと自信を持てずにいた。

でもそんなリュリを、カイルは肯定してくれる。

リュリにもできる役目を与えて、共に生きる将来を思い描かせてくれる。

――やっぱり、こんなふうにしてくれるのは、カイルだけ。

自分が彼を慕い、ずっと一緒にいたいと思っていたように、彼もまた自分といられるための方策を考えていてくれたことが、うれしくて。

「大使の伴侶となると、公の場では常にドレス姿を強いることになる。窮屈な思いもさせてしまうだろう。――でも、俺と一緒に行ってくれるか、海の向こうへ」

「行くよ、行きたい。カイルと一緒にいたい。だから、教えて」

今までずっと呑み込んできた言葉が、リュリの口から自然にこぼれていた。

「僕の知らない遠い世界でカイルが見てきたものの話をして。そこでカイルが考えたことを聞かせて」

「そうだな、話をしよう。離れていた二年の間を埋められるくらい、いっぱい」

「うん。それからあの船に乗せて僕を連れていって。カイルが行くところなら、どこへでもついていくから」

「リュリ」

ようやくまっすぐ彼を見つめて気持ちを伝えられるようになった。そんなリュリを、カイルが感激した面持ちで抱きしめる。

彼の腕の中に収まって、リュリは安堵の息を吐き出す。

今やっと、長い旅から帰ってきたカイルを迎えられた気がして。

「お帰りなさい」

そう口に出して言ったら、ふいに涙があふれてきた。

「会いたかったよ。会いたくて、……ずっとカイルを待ってたんだ」

「俺もだ。離れていても、毎日リュリを思い出していた」

「ただいま」と囁いてくれる彼の肩に額をすりつけて、リュリはうなずく。

あとからあとから湧き出して止まらない、喜びのせいであふれてくる涙を、ぼろぼろとこぼしながら。


朝には絶望的な気分で馬に揺られた道を、帰りは幸せな恋人同士になって戻る。

「でも、変じゃない？　結婚式を挙げたあとに恋人になるなんて」

「変じゃない。俺はうれしい。やっと、リュリが俺だけのものになってくれたことを確かめられて」

後ろから耳許にくちづけるように言われると、マントのフード越しなのがもどかしくてたまらなくなる。

「そんなの、最初からカイルだけなのに」

やっぱり会話は大事だ。素直な気持ちを伝えて、彼の言葉を受けとめるうちにじわじわと、今まで知らなかった感情が胸の中で育っていくようだった。

もしかして、これが恋っていうものかと、今頃になってリュリは思う。

身体よりもずっと遅れて、そんな気持ちを自覚している自分がおかしくて。

周囲を走る護衛の目がなければ、後ろを振り向いて、馬上でこのまま彼にくちづけされたかった。

そう思った途端、リュリの身体の奥がざわりと熱く波立って、あえかな声が咽喉から洩れる。まだ発情期の真っ最中なのだ。

「もう五日目なんだね」

うまく気持ちを通じ合わせられなかった四日分を損してしまった気がする。

「休暇はあと二日残っている。その間、いっぱい愛し合おう」

愛し合う、なんて言葉にはまだ慣れていないから、フードの陰で頬を火照《ほて》らせたリュリに、カイルは熱い囁き声を耳打ちする。

「可愛いリュリ、愛してる」

別邸に辿り着く頃には、もう二人して我慢できなくなっていた。

寝室に駆け込むと、マントを脱ぎ捨てたカイルは、リュリを抱えて寝台に投げるように横たえる。

リュリは笑い声をあげながら、のしかかってくる彼の背を抱く。

気持ちがすれ違っていた間の分も埋めるようにくちづけし、息を切らしながら互いの服を脱がせ合う。

――本当は、彼と何度抱き合っても、リュリの心の奥底には、己の裸を恥じる気持ちがずっとあったと思う。

ルルフォイの末裔としては異質な肉体。それなのに発情期に入ってしまったという、予想外の変化と向き合いきれなくて。

でも、ためらいを捨てた今、肌を愛撫するカイルのまなざしにも唇にも、本当に愛情がこもっているという事実を素直に受けとめられる。

「……やっとわかった」

カイルに腰を抱かれ、首筋に唇を押しあてられて。細身をしならせたリュリは、夢見心地の呟きを洩らす。

「わかったって、なにが？」

「カイルのこと愛してる。だから、……気持ちよくなってもいいんだ」

「今までは、いけないことだと思っていた？」

「だって、全然なにも知らなかったし。本当に発情期に入ったのかどうかもわからないうちから、すごく気持ちよくなっちゃって、怖かった」

頬を赤らめて唇を尖らせるリュリに、カイルはどこか苦みの交ざった表情を向ける。

「俺も怖かった。リュリが俺の知らない姿になって。ときどき、本物のリュリなのかどうかわからなくなる。見た目だけじゃなくて、中身も変わっているんじゃないかと思い始めたら……」

「変わってないよ」

「ああ、今ならわかる。だけど……、発情期に入ったルフォイと出会ったら、誰でも心を奪われて恋に落ちると言われている。見とれずにいられない美しさだと。それは伝説じゃなくて本当だった」

リュリを見つめ、額や肩に唇で触れながら、カイルはまじめな表情で語る。

「俺はずっと可愛いリュリが好きだったのに。美しいルルフォイに誘惑されているようで恐ろしかった」

彼が、変化した外見に惑わされているのじゃないかと疑ったのはリュリも同じだ。

「……誘惑なんかしてないもの」

「するつもりがなくても、俺は勝手におかしくなる。離れた隙に、もしも誰かに奪われて、二度と触れられなくなったら。そんな心配ばかりして、リュリを寝室に閉じ込めたままにして、……つらい思いをさせてしまった」

昨日の明け方、リュリが独りで泣いていたのを、やっぱり覚《さと》られていたらしい。

——だから、船を見せてくれたのか。ここまで急いで馬を駆けさせて。

カイルの男らしい顔に苦悶《くもん》の表情が浮かんでいるのを見たリュリは、彼の首に腕をまわして引き寄せて、自分から頬に唇を寄せる。

「つらくなんかない。……うれしいよ、カイルがしてくれることなら、なんでも」

リュリは身体から力を抜いて脚を開くと、その間にカイルが進めた腰を挟み込む。やわらかな腿の感触に刺激されたのか、リュリの幼い男の子の部分にすりつけられた彼のものが、いっそう猛々しい熱を帯びる。

「リュリ、俺はいつでもおまえに心を乱されるのに、おまえのおかげで心が安らぐ」

「同じだよ、僕だって、……ん、っ」

今朝方まで繋がり合っていたから、まるで蕩《とろ》けるようになっている。そこは押しつけられた彼のかたちを自然に受け入れて、苦もなく呑み込む。

「あ、あ、入ってくる、カイルの……」

「ああ、なんて気持ちいいんだ」

ため息のようなカイルの声が肌に響いて、リュリの身体を内側から震わせる。

「うん、これ、好き。……好き、カイル」

呼びかけに応えた彼が、強靭《きょうじん》な動きでさらに押し入ってくる。振動に合わせてリュリが腰を揺らすと、溶けた部分から交ざり合っていくようだった。

「もっとして、もっと……」

身体の奥深くで繋がりながら、顔を見合わせて笑い合って、くちづけを重ねる。

リュリは、自分がこんなふうに快楽を受け入れるようになるなんて、数日前には思いもしなかった。

恐ろしかったはずの行為が、なにより楽しい二人の共同作業になるなんて。

未来は想像通りになんか進まない。

本当にあと二日で、発情期がおしまいになるのかどうかもわからない。

でも、もしそうなったなら。

そのときは友達に戻って、カイルといっぱい話をしたい。

「っ、リュリ……」

いとしい裸の背中を抱きしめると、これまでになく深い位置までカイルは沈み込んできた。もう絶対に離れられないくらい強く結びついている気持ちになる。

「ん、んっ、カイル、――あ、あ」

身体の奥から震えが湧き出す。やがて、それが大きな波になり、襲いかかってくる。

だけど、怖くない。リュリはカイルと繋がり合って、その波を待っている。

呑み込まれて、あらがえない勢いに、一気に押し流されたくて。

そして彼にしがみつき、もう声にならない声で、心の中の望みを叫ぶ。

――連れていって。

そこがどこだろうとかまわないから。カイルと一緒に行けるなら。

くちづけをして、恐れる気持ちを変えさせて。

まだ見たことのない遠い世界に連れていって。

くちづけで世界は変わる

—Chiral—

「キラルは、海を見たいと思ったことはないの？」

「ないな」

無邪気に問いかけるリュリに素っ気ない答えを返して、キラルはあたりの眩《まぶ》しい緑に目を向けた。

リディウス公爵家の、嫡子が伴侶《はんりょ》と新婚生活を送るために用意された一棟には、木々に囲まれた中庭がある。

居間から出られる造りになっている、そこにテーブルを設《しつら》えて、昼下がりのお茶会だ。テーブルクロスの上には紅茶のカップと色とりどりの菓子を並べて。

それでも列席者はリュリとキラルの二人きりだから、『貴族の奥様方の優雅な集い』にはなりようもない。一人は公爵家の、もう一人は将軍の奥方だというのに、どちらもドレスで着飾ったりはしていない。

結婚前から愛用しているゆったりとしたチュニック姿で、リュリは折り返した襟元《えりもと》から脇腹《わきばら》まで大きなボタンを並べた真珠色の一揃《ひとそろ》いだ。

キラルは首と手の甲までをぴったりと覆う銀色の丈の長い衣裳《いしょう》を、すらりとした体格に合わせている。細い腰を帯で締めてはいるものの、それ以外の身体《からだ》の線は隠されていて、男女どちらとも判別しがたい不思議な雰囲気を漂わせている。

銀色の髪を既婚者らしく結いあげるスタイルもとっていない。

公の場に出るわけではないから、豪奢《ごうしゃ》なドレスを纏《まと》う必要はないけれど、貴族の奥方としては、いささか風変わりな格好だろう。

それが許されているのは、二人とも理解のある伴侶に恵まれているからか。

「それじゃ、本物の船に乗って海に出たいと思ったことは？」

「それもない」

キラルの愛想のない返答にもリュリは笑顔を絶やさずに、召使いを下がらせたあとは、自らポットを手にして紅茶をそそいでくれる。

その幸福感で満たされている様子にあてられたせいだろうか。

——理解のある伴侶に恵まれている、だと？

柄にもないことを、ついうっかりと考えてしまったキラルは、紅茶のカップをとりあげながら、ひそかに眉根《まゆね》を寄せた。

——カイルのもとに嫁いでから、もうじき一月。

たったそれだけの間に、リュリは驚くほど変わった。

ほっそりとした小柄な体格は相変わらずだが、淡い金髪に青い目だった外見が、今ではルルフォイの末裔《まつえい》らしい銀色の髪と紫色の目になっている。それに、容姿だけでなく内面にも大きな変化は起こったようだ。

もともと可愛《かわい》らしい顔立ちで素直な性格という美点もあるのに、リュリは成長するに従って考え方が後ろ向きになり、気弱なことばかりを口にするようになっていた。

それが、運命の伴侶となるただ一人の相手と結ばれて、愛し愛されるようになった今、生来の伸びやかな資質がようやく開花し、明るい輝きを放ち始めている。

キラルにとってリュリは、一族の中でもとりわけ思い入れのある存在だ。その幸せを願わなかったことはない。

ただ、劣等感を払いのけたリュリの本質は怖いもの知らずで好奇心旺盛《おうせい》で、キラルにとっては手強《てごわ》い相手になりつつあるのだ。

「キラルが興味ないからなのかな。カイルが訊《き》いたらガデス将軍も、海外遠征の任務に志願するつもりはないって仰《おっしゃ》ったって」

リュリは、きらきら光る大きな瞳《ひとみ》でキラルを見つめ、次々と問いを繰り出してくる。

「あの船の模型をカイルにくださるって、本当にいいの？　あれはキラルと将軍が一緒に作ったんでしょう。二人の愛がこもっている、大事な思い出の品じゃないの？」

——『愛がこもっている』……？

もしもガデスが冗談で同じ言葉を言おうものなら、腹に肘鉄《ひじてつ》を叩《たた》き込んでやるところだが。素直なリュリは本気で言っているのだから始末が悪い。

「二度と会えないのならともかく。暮らしを共にする相手との思い出の品など、いちいちとっておいたらきりがない」

「それもそうだね。毎日ちゃんと『愛してる』って言い合っていれば、思い出に頼る必要なんかないもの」

——そんな言葉を口にしたことは、これまでだって一度もない。

毎日毎日『愛してる』って？

でも、リュリとカイルならやりかねない。

彼らの幸せいっぱいの蜜月《みつげつ》は、いまだ継続中らしい。

とはいえ、これ以上リュリに『愛』がどうのという戯言《ざれごと》を口走らせまいと、キラルは話題をもとの道筋に引き戻す。

「あの船の模型は複雑な造りだから、運び出す途中で壊していないといいが。そろそろ到着する頃じゃないか」

細かな木の部品を組み立てた白い帆船の模型は、大人《おとな》の腕で一抱えもある大きさだ。

軍部の勤めが休みの今日、カイルとガデスが二人して、将軍家から公爵家まで移送する手筈《てはず》になっている。

カイルは叔父《おじ》の家に遊びに行くたび、書斎に飾られた精巧な模型に見とれて、海への憧《あこが》れをかき立てられたと言っていた。

その帆船を、成人した甥《おい》への贈り物にしたいと言うガデスに、キラルも異存はない。

――愛着がないわけではないが。

あれは十五歳のとき、卒業前の一年をかけて二人で作った。

ほかの貴族の子弟と同様の扱いを望んでいたキラルだが、海外視察団への参加は認められそうもなく、鬱屈《うっくつ》が溜《た》まりそうな日々を送っていた頃だ。

学校では誰《だれ》ともそれなりの距離を置き、特に親しい友人など作るつもりはなかったが、好敵手的存在のガデスとは、なにかと関わることも多かった。

ある日、相談があると拝み倒されて、下校時に彼の部屋までついていくと、そこには家族から誕生祝いに贈られたという模型の設計図と部品が山と積まれていた。

それは隠居した祖父の趣味で、公爵家には専門のお抱え工芸家までいるそうだ。

手先が器用そうだから、などという勝手な理由で巻き込まれた模型作りだが、根気のいる作業と向き合う時間は楽しくて、キラルは自然にガデスと親しくなっていた。

ガデスの大きな手ではむずかしい細部の組み立てを任されて、あのとき初めて、自分の指が彼の指に比べて、ずいぶん細いことに気がついたのだ。

おおらかで大雑把そうな彼の神経が実は細やかだということも、共同作業の合間に薄々感じとれた。

悩みを抱えたキラルを心配し、気晴らしをさせようと心を砕いてくれたことにも。

一年をかけて友情が深まっていった頃、船の模型は完成し、ガデスは本物の船に乗って旅立った。

——本音を言えば、キラルだって海が見たいと思ったことはある。

十六歳で、船に乗って遠い異国に向かいたかった。

けれども、焦燥感に苛《さいな》まれた二年が過ぎて、帰国したガデスとの新生活が始まると、海の彼方《かなた》の知らない世界に焦がれる気持ちは薄れていった。

あの、海を思うときのひりつくような渇望は、どうやらガデスの不在と結びついていたらしい。

その根底にある己の感情は、できれば直視したくない。

結婚式を前にして後退《あとずさ》りしかけたリュリを叱咤《しった》したくせに、キラル自身はずいぶんと往生際が悪いのだ。

「じゃあ、キラルは外国のおみやげ、なにか欲しいものはある?」

会話に乗り気ではないキラルの態度にも臆《おく》することなく、リュリはテーブルに身を乗り出して訊いてくる。

「おみやげって。リュリ、休暇で遊びに行くわけではないだろう」

リュリをたしなめる言葉を口にしながら、キラルは意識を公爵家の中庭に引き戻した。

ガデスのことを考え始めるといつも、頭の中を彼に支配されたような状態になりかかるのが不愉快だ。

周期的なものなのか、このあとは必ず身体のほうにも変調が訪れるのを、今までの経験からわかっているから、キラルは不機嫌にならずにいられない。

「……でも、あの話は本気なのか? 大陸の各地を訪れる大使の役を務めるなんて」

「大使はカイル。僕はついていくだけ」

キラルももちろん、リュリが打ち明けてくれた夢に反対するつもりはない。

カイルと離れていた二年の間、いつか彼の船で旅に出るという夢を胸に抱き、けなげなリュリは航海術を学ぼうと努力を重ねた。

ガデスの助けを借りてだが、教師役を引き受けて応援し、医術や護身術まで教え込んだのはキラルだ。

けれど、壮大な夢がいざ実現するとなると、その先にあるだろう危険のことばかりを考えてしまう。

海に出るだけならともかく、大陸のさまざまな国で異人種と交流するなら、文化の違いから争いに発展する可能性もあると聞いている。

現地で起こった戦や災害に巻き込まれることだって。

故郷の帝国とは海で遠く隔てられ、一生戻ってこられなくなるかもしれない。

キラルはリュリが可愛いから、お役目よりも身の安全のほうが気にかかる。

「皇帝陛下の親書を携えての訪問だから、護衛の軍隊付きだって。報告のために帰国するのも、今は船の速度が速まっていて、そんなに大変なことじゃないらしいよ。実際に海外から戻ってきたカイルが言っているんだから大丈夫」

悩んで落ち込んで膝《ひざ》を抱えてばかりいた子供と同じ人間とは思えないくらい、リュリの心構えは前向きになっていた。

伴侶のカイルを、それだけ信頼しているということだろう。

「キラルはガデス将軍のお仕事をお手伝いしているでしょう。前に将軍が仰っていた、海外に送り出す新兵の訓練内容は二人で相談して決めているって」

「助言を求められたときに答えているだけだ」

「それでもすごいよ。僕はキラルみたいになりたかった。僕にもカイルのためにできることがあったらいいって、ずっと願ってた」

この帝国にいる限り、ルルフォイの一族の者の行動の自由は制限されている。貴族の奥方らしく社交の場に出られるわけでもない。だから、彼のためになにができるのかわからなくて不安だったけれど、とリュリは続ける。

「カイルに必要とされて、カイルの手助けをしていたい。僕が望んだ通りの役目を与えてくれてうれしかったから、カイルと一緒に行きたいんだ」

これまでキラルが見たこともない潔い笑顔で、リュリはきっぱりと言いきった。

「リュリ、おまえの成長ぶりは喜ばしいことだが。めったに顔も見られなくなるのは淋《さび》しいかもしれないな」

キラルが微笑《ほほえ》みを浮かべて、らしくもない本音を口にすると、リュリはたちまち大きな目を潤ませる。

「僕だって。会いたいときにキラルと会えなくなったら淋しい。でも、離れていたって大好きだからね！」

リュリは立ちあがってテーブルをまわり、キラルに抱きつきそうな勢いで訴える。

そのとき、扉を叩く音がした。

「――リュリ様、カイル様がお帰りになりました」

中庭に通じる扉は開け放してあるから、居間の向こうから呼びかける召使いの声もよく通る。カイルの帰宅を知った途端に、リュリは落ち着きがなくなった。

「キラル、早くヴェールをかぶって！」

そして、椅子《いす》の背にかけていたヴェールをとって押しつけてくる。

「今さら隠す必要があるか？　カイル殿は、もう身内も同然だろうが」

キラルが肩をすくめると、リュリは真剣な表情で説得にかかる。

「隠して！　絶対顔を見せたら、だめ。だってキラルは桁違《けたちが》いな美人なんだから、うっかりカイルが見とれちゃったらいやだもの」

「なにを言うか、馬鹿馬鹿《ばかばか》しい。そんなことあるわけないだろう」

ついさっきまで「キラルに会えなくなったら淋しい」なんて、いじらしいことを言っていたのに。恋した伴侶が最優先になるのは仕方ないのか。

呆《あき》れながらもリュリの気迫に負けてヴェールを受けとり、頭からかぶったところで、居間を通り抜ける足音が聞こえた。扉が大きく押し開かれる。

「カイル！」

リュリは跳ねるような勢いで駆け寄って、現れたカイルに飛びつく。

首に腕をまわしたリュリの華奢《きゃしゃ》な身体を、彼が振りまわすように抱きあげる。

「リュリ、会いたかった」

「うん、僕も」

熱烈な抱擁の様子は、まるで奇跡の再会を果たした恋人同士のようだ。

実際には、離れていた時間は半日にも満たないというのに。

――これが正しい新婚夫婦のありようか。

キラルはヴェールの下から二人を眺めて、心の中でひそかに唸《うな》る。

自分とガデスの間には一度だって、こんなに初々しい場面はなかったように思う。

「それでは私はお暇《いとま》しよう」

席を立とうとすると、カイルは首からリュリをぶら下げたままでキラルを振り返り、礼儀正しく押しとどめる。

「キラル殿。叔父上は現在、父上のもとでご歓談中です。のちほどおいでになるまで、こちらでおくつろぎください」

マントや手袋はすでに外してきたらしい。飾り気のない平服でも、均整のとれた体格の青年貴族は優雅に着こなす。しかも妙な体勢をとっているのに、気品のある振る舞いが身についている。

公爵家の嫡子として育てられたカイルは、ガデスの自慢の甥だ。

幼い頃から常に同世代のリーダーだったが、容姿も内面もたいそう立派に育ったものだと、ガデスのもとに遊びに来る彼を少年時代から見てきたキラルは感心する。

この非の打ち所のない青年が思慮を欠き、常軌を逸した暴挙に出てしまうのは、熱愛の対象であるリュリが関わるときだけなのだ。

二年の別離ののちの再会後、求婚したリュリに逃げられて、無理矢理結婚式を強行するまでの彼の惑乱と焦燥を目撃してしまったキラルは、今のカイルの好青年ぶりを微笑ましい気持ちで眺めやる。

「カイル殿、お気遣いをありがとう」

「こちらこそ。キラル殿にはいつもリュリの相手をしていただいて感謝しています。リュリはご面倒をおかけしていないでしょうか」

「面倒ですか、あるような、ないような。――そうそう、カイル殿がお帰りになると報《しら》せが入った途端、リュリは私にヴェールをかぶれと言い張りました。なんでも、貴方《あなた》が私に見とれたらいやだとか。可愛らしい心配をするものです」

「キラル、言っちゃだめ！」

暴露されてしまったリュリは真っ赤になって慌てるが、カイルは満面の笑みを浮かべて、いっそう強く新妻を抱き寄せる。

「まったくリュリは。心配なんかしなくても、おまえ以外の誰かが俺の目に入るわけなどないだろう。だいいち、キラル殿には叔父上がいる」

「でも心配なんだもの。キラルはすごい綺麗《きれい》だし。それにガデス将軍といるときのキラルって全然うれしそうじゃないでしょ。いつもケンカしているみたいで」

すねるようにカイルを見あげてリュリが言う。

素直な性格なのはかまわないが、今までは思っても心の奥にしまっていたことまで、どんどん口に出してしまうようになったのは、いかがなものか。

「それはリュリの思い違いだ、叔父上は……」

キラルから飛んできた険しい視線を察知したのか、リュリに何事か言おうとした途中でカイルが口を噤《つぐ》む。

「カイル殿、遠慮なさることはありません、ガデスがどうしました？　夫が私に関して愚痴でもこぼしていたのでしょうか」

「愚痴など、とんでもありません。叔父上はキラル殿を心から愛して、結婚から七年経《た》つ今でも恋い焦がれて尊敬し、崇拝なさっておられるのですから！」

「崇拝？　だからキラルは将軍相手に強気に出られるのかな。だって結婚式を挙げたあと、百日も……」

「リュリ」

百日の間くちづけを許さなかった、などと余計なことまで言おうとしたリュリを、キラルの厳しい声がさえぎる。

リュリは急いで口を押さえはしたが、たとえこの場で黙っても、遅かれ早かれ今の言葉が夫婦間の話題にあがるのは間違いない。

カイルにしても、ルルフォイとの婚姻について、叔父から注意事項を伝授されるついでに、百日間の冷戦について聞かされていてもおかしくはなかった。

「……カイル殿はお幸せだ」

椅子の背にもたれかかったキラルは、威厳のある態度で若い二人の言葉を封じながら、「本当に幸せ者だ」と繰り返す。

なにしろカイルは花嫁に、すぐさまくちづけを許されて、七日間の結婚休暇を無駄にすることなどなかったのだから。

キラルは七日どころか百日間、指一本触れさせようとはしなかった。自分の仕打ちを思い出して、ほんの少しだけガデスが可哀想《かわいそう》になる。

「ええ、リュリの伴侶となることができて、本当に幸せです。それもこれもキラル殿が、留守の間のリュリの家庭教師を引き受けてくださったからこそ」

「教師役だけでなく、虫除《むしよ》けと監視もだろう」と、キラルは心の中で付け加える。

リュリ自身は知らないが、伯爵家の召使いや出入りの商人に手引きを頼んで、リュリへの接近を試みる不逞《ふてい》の輩《やから》は何人もいた。だいたいが既成事実を作って婚姻を承諾させようなどと考える、出来の悪い貴族の息子たちだ。

けれど、外出時の行き先は将軍家のみで、送り迎えは将軍の奥方や護衛が付き従うリュリの身辺には隙《すき》がなく、厳重警戒網をかいくぐれた求婚者は一人もいなかった。

「カイルがそんなこと、内緒でキラルに頼んでいたなんて、全然知らなかった」

「必死だったんだ。俺以外の男をリュリに近づけないようにするのに、ほかの方法を考えつかなくて。誰にもリュリを奪われたくなかったから」

彼の胴に腕をまわして見あげるリュリの表情も、やさしく見下ろすカイルの顔も、蕩《とろ》けそうなほどに甘い。

確かに、この二人に比べたら、自分とガデスは仇《かたき》同士のように見えても仕方がない、とキラルはヴェールの下で肩をすくめる。

「カイルも座って、お茶を入れるから」

とりあえず帰宅時の抱擁には満足したのか、リュリはカイルの腕から抜け出して、紅茶のポットを手にとった。

和やかなお茶の時間が再開するかと思いきや、リュリはカイルの隣の席からキラルを見つめ、不思議そうな表情で訊いてくる。

「でもキラル、ガデス将軍が嫌いじゃないなら、どうして百日も待たせたの？」

つまらない話題を蒸し返すなと言いたかったが、キラルは言葉につまってしまう。

なぜなら、その問題に関してはキラル自身が誰よりも、己を問いつめたいと思っているからだ。

「あいつが意気地なしだったからだ」と一言で切って捨てられたらすっきりするが。

実際には、それだけじゃない。勇気がなかったのはキラルも同じだ。

待たせるキラルにしても、待たされたガデスにしても、行動に移るきっかけを逃したまま、膠着《こうちゃく》状態があれほど長く続くとは思いも寄らなかった。

——ガデスが嫌いなら、迷うまでもなく結婚を断っている。

それにルルフォイの末裔は、相思相愛となるべき相手でなければ発情しないし、交情も無理だし、姿が変わることもないはずだ。

そして、現在の姿に変化した以上、キラルは己の真情を認めないわけにはいかない。

ただ、疲弊しきるまで向き合えなかった生涯一度の恋については、その顛末《てんまつ》を、とても他人に、――それも幸せそうな新婚夫婦に語る気にはなれないが。

苦々しい思いに囚《とら》われたキラルは、リュリに答えは返さず、背後に広がる中庭の木立を見やる。

「……なにか声がしたようだ。この中庭には動物が放し飼いになっている?」

「馬のいななきでしょう、森の向こうに厩舎《きゅうしゃ》があるのです。ご案内しましょうか」

「いや……」

木々の間に動く影をみとめて、キラルは席から立ちあがると、緑のほうに歩み寄る。

「キラル殿?」

黒い影は馬が迷い込んだのかと思ったのだ。カイルは背後にいて顔は見えないからいいだろうと、視界を狭めるヴェールをたくしあげる。

霞《かすみ》がかっていた視界が鮮明になったとき、キラルの前に人の姿が現れた。

背が高くて肩幅が広い、男らしい体格に黒一色の軍人らしい装いだ。

地面に落ちた木の葉の上でマントの裾《すそ》がひるがえる。

思いがけない遭遇に目を瞠《みは》り、その場に立ち尽くしながらも、キラルは声をあげたりはしなかった。

相手はよく知る、――ほかの誰よりよく知っている己の伴侶だ。

なにも驚くことはない、と自らに言い聞かせる胸の奥で、鼓動が騒がしく跳ねあがる。

性別を持たないはずの一族に生まれながらも、キラルは自分が女性になる可能性を一度たりとも想像したことはなかった。

雄々しく強い武人になりたいと夢を見たことはあっても。

だから、同性となるべき男を恋愛対象として考えたりはしない、決して。

――それなのになぜ、この男だけが違うのか。

これが、運命によって定められた伴侶ということなのか。

キラルだけでなくガデスのほうも、ふいを突かれたように足を止めていた。

そして、食い入るようにキラルを見つめる。

彼が自分を見つめるとき、我を忘れて心を奪われた表情になる。

キラルは、その様子を目にして安堵《あんど》する。同時に、そんな己の心を忌々しく思う。

――そうだ。この男と相対するとき、キラルは忌々しくてならない。

人生を共に歩む相手など必要としていなかったはずの自分を傍らに縛り付ける。

妻という立場に嵌《は》め込んで、ドレス姿を人目に晒《さら》させた。

最大の屈辱と、――それから最高の快楽を味わわせる男。

今は、将軍という職務にふさわしい威厳を漂わせているが。

ひとたびキラルの肌に触れれば、けだものじみた激しさで欲望をむき出しにする。

黒い胴着に隠された胸板の厚みや、服を脱ぎ捨てた逞《たくま》しい裸体の重みが記憶からよみがえり、鼓動が速度を速めていく心臓とは別の場所に疼《うず》くような感覚を覚え、キラルは肩口まで下ろしたヴェールを両手で握り締める。

「キラル、どうしたの？」

背後から呼びかけるリュリの声で、ようやく意識が彼からそれる。からみ合った視線を解いて息を吐き、キラルは思いきり顔をしかめた。

同時にガデスも、その面から欲情の気配を消し去って、おおらかな笑みを浮かべる。

キラルはもとの通りにヴェールをかぶって美貌《びぼう》を隠すと、まだ森の中にいるガデスに背を向けてから、馬でも呼ぶようなぞんざいな声を肩越しにかける。

「ガデス、来い」

この態度では、またリュリに「仲が悪そう」だと言われてしまうだろう。

でも、人前ではそれでいい。

彼と仲よくするのなんか、二人きりになったときだけで。

◆

「おまえは強くならなくてはいけない」

キラルの人生は父の、その言葉から始まった。

学校に入学する前だから、おそらく五歳頃だろう。

あのときの父の真剣な表情と声の印象が強烈で、それより以前の記憶はかき消されてしまった。

「おまえはほかの一族の者とは違う。平穏無事な人生は送れまい。生涯を共にする伴侶が得られるかどうかもわからない。一生を一人で立って生きられるほど、強くならなくてはいけない」

キラルは幼かったが、無茶を言われてうなずいたのは、家庭内における自分の立場の不安定さを薄々感じていたからか。

帝国に移住して四世代目となったキラルは、ルルフォイの一族史上、初めて生まれた第三子だ。

生涯に一度しか発情せず、もちろん子供を産むのも一度きりだったルルフォイの民。

その末裔は帝国人との婚姻が進むにつれて、体質に変化が表れつつあった。

二世代目の一人が二人の子を産み、三世代目のキラルの母は三人の子を産む、というように。――ただ、その変化は母を苦しめた。

慎み深い母は、三度も発情期を迎えた己の肉体を恥じて屋敷の奥深く閉じこもり、父は父で、妻を愛するがゆえに辱《はずかし》めてしまった自分自身を責め立てた。

キラルは、己が恥ずべき存在だという意識を植え付けられて育ったのだ。

しかも、成人するまで性別のない一族の者にあるまじきことに、その身体には出生時より、男子の性器らしきかたちが備わっていた。

ほとんどのルルフォイは成長後、貴族の戸主の男性に求婚されて妻となる。

数少ない女戸主や名家の令嬢に望まれて男性に変化した者は、これまで数名いたけれど、いずれも子を残さずに早逝《そうせい》したそうだ。

男子になった場合はルルフォイの特質が弱まって、受け継いだ帝国の遺伝子に負けてしまうのではないかというのが医師の見解だった。

出生で愛する妻を苦しませた上、早逝で悲しませてはならないと、父はキラルの将来を危ぶんだ。

そして、男となる以上は強く生きねばならないと、たびたび言い聞かせるようになる。

――まるで呪《のろ》いをかけるように。

それから父は、館《やかた》に家庭教師を招いて教育を施す、それまでの一族のやり方に逆らい、周囲の反対を押し切って、貴族の子弟のための学校にキラルを通わせた。

令嬢たちが行儀作法を学ぶ女学院ではなく、生徒は全員が男子の学院のほうだ。

男女どちらとも判別しがたいルルフォイの入学は前例がない。

キラルの顔立ちは整っていたものの、当時は鈍い鉄色の髪と藍色《あいいろ》の瞳で、さほど目立つ容姿をしていたわけではないが、それでも出自の珍しさから好奇の視線に晒された。

首都に造られた学校の内部は、そのまま貴族社会の縮図だ。

宮廷から遠く離れた土地に領地を賜った位の低い家の子供は寮生活を営み、数々の特権を持つ高位の貴族の子弟は館から護衛付きの馬車で通う、というように。

同学年生では、侯爵家の嫡子が生徒たちの頂点に君臨していた。キラルはその取り巻きに入るよう勧められ、馬鹿馬鹿しいと断ったら、いやがらせが始まった。

おとなしく傷つけられて泣き寝入りする性格ではないから、ルルフォイを侮辱した相手は即座に蹴《け》り倒して、逆に泣かせてやった。

父に言い聞かされた「強くなれ」という呪文《じゅもん》が間違ったかたちで効いてしまったようで、子供の頃のキラルはたいそうな荒くれ者だったのだ。

負けず嫌いで勉学に励み、成績は常に優秀だったが、誰からも侮られないようにと、腕力でも強いことを示さなければ不安だったのかもしれない。

十二歳のとき、殴りかかった相手が仲間を引き連れて反撃し、乱闘が始まった。そのときキラルに加勢したのが、ガデスだ。

公爵家の次子である彼は、誰とでも分け隔てなく接する態度で、周囲から一目置かれていた。その彼が初めて怒った様子を見せたら、敵方も怖気付《おけ》いて、争いは収束する。

キラルは礼は言わなかったが、自分よりもこの男のほうが、人間的な器はずっと大きいと感じた。そして、安易に暴力に頼る己の弱さを恥じた。それ以降は、誰も殴ったり蹴ったりしていない。

「ルルフォイって、もっとおしとやかな一族かと思っていたよ。それに、将来はだいたい女になるんじゃないのか。なんでおまえの親は男の学校に入れたんだ」

乱闘の後日、キラルに近づいてきたガデスは、別に侮辱というわけではなく、ただ不思議そうに疑問を口にした。

「私が乱暴者だったからだろう」

キラルが顔をしかめて答えると、彼は声をあげて笑う。

その率直な遠慮のなさを、キラルはなぜだか不快とは思わなかった。

「おまえ、強いな。俺と一緒に武官の道を進むっていうのはどうだ。いつか将軍になるなら、俺の副官になれよ」

豪快すぎる冗談にキラルもつられて噴き出しながら、そのとき初めて明るい未来を思い描いた。

恐れるばかりではなく、自分もなにかになりたいと望んでもいいのだろうかと。

――けれど夢は夢のままで叶《かな》える術《すべ》も見つからず、大人になる前にあっけなく砕け散ってしまったけれど。

十六歳になり、学校を卒業する頃、二人で作った船の模型をくれるとガデスは言った。海外視察の旅に出て、これから二年も離れている部屋に残していっても仕方ないから、キラルが持っていてくれたほうがいいと。

だけどキラルは断った。思い出の品など受けとりたくはなかったし、それを見るたびに一人、取り残されたことを思い知らされるのはいやだった。

別れの挨拶《あいさつ》も聞きたくないのに、出発の直前にガデスが伯爵家までやってきた。

彼にはこれから将来のための務めが待っている。それなのにキラルはすべてを諦《あきら》めて、軟禁生活に入らざるをえない。自分がみじめでたまらなかった。

庭から繋《つな》がる森を散策しながら、キラルは彼に自嘲《じちょう》の笑いを見せる。

「結婚するまでは外出も禁じられる窮屈な身の上だ。そのあとも相手次第では一生隠れ暮らすことになる。おまえの顔を見るのも、これきりだろうな」

「相手はもう決まっているのか？　申込みは山のように来ていると聞いたが」

いったいどんな噂《うわさ》が彼の耳に届いているのか。ガデスは眉をひそめて、キラルをいたわるように言う。

「ああ、来ているぞ。お呼びじゃないのが、山のように。学校ではほとんど口をきいたこともないやつらが、なにを考えて求婚なんかしてくるんだか」

ほかの誰よりも早く伯爵家に使者をよこしたのは、級友の一人だった、あの侯爵家の嫡子だ。

その申込みのせいで、両親はキラルの将来に関する考えを変えたらしい。

ルルフォイの血を受け継いだ以上、キラルにもおそらく発情期が来るし、姿が変われば人前に出ることはむずかしい。公の職務に就くとか一人で生きるとか、そんな考えを持つのは現実的ではないと、それまで我が子から目をそらし続けてきた母が、突然主張し始めたのだ。

「男らしく強く生きろ」とずっと言い続けていた父も、あっさりと方針を転換し、愛する妻に賛同する。

件《くだん》の侯爵家の嫡子は、いかにも優等生の貴公子らしく、取り巻き連中のような愚かな振る舞いはしなかったから、不快な記憶はないけれど、だからといって関心もない。

何度か剣術の授業で立ち合ったことはあるが、キラルが真剣に打ち込むと、余裕の態度で勝ちを譲ってくれた。

そんな真似《まね》をされても好意など湧《わ》くわけがない。本気を出さない、つまらない男だと思うだけだ。

逆に、普段は親しい友人の顔を見せていても、勝負となるとガデスは変わる。

全力で戦うからこそ、彼から勝利を奪えたときの喜びは大きい。

たまに負けるときだって、ほかの相手では我慢ならなかっただろうけれど、ガデスならば自分と互角の強さを持つから仕方がないと認められた。

静かに森を散策しながら、キラルは傍らを歩く男の横顔をそっと盗み見る。

訪問の知らせを受けて部屋着から着替えたキラルは、制服の白いシャツと黒い下衣を身に着けている。ガデスはさらに黒い布地の上着を着ていた。

立ち襟に金ボタンをずらりと並べた制服は、彼の雄々しさを際立たせている。

背が高く体格も立派で態度も堂々としているガデスは、もしかしたら、キラルが目標とする強い男の理想だったのか。男らしい彼がうらやましかったし、憧れのような気持ちがないと言ったら嘘《うそ》になる。

「それで本命は？　やっぱりあの侯爵家の……」

「まさか、冗談じゃない。あの若様は私から一本とったこともないんだぞ。求婚したければ、私よりも強くなって出直してこいと言ってやる」

冷ややかに言い捨てたキラルは、それを聞いたガデスが声をあげて笑うものと思った。けれど彼は、予想とはまったく別のことを口にする。

「強ければいいのか？　それなら俺、おまえに勝ったことがあるぞ」

「それがどうした、なにが言いたい？」

「いや、俺には求婚する資格があると思って」

こんなときにふざけたことを言うなとキラルはにらみつけるが、ガデスは笑いにごまかさず、木の根元の芝生に腰を下ろした。

「まだ決まった相手はいないんだろう？」

渋面のキラルが横に腰を下ろすと、彼は思いも寄らないことを言い出す。

「二年後無事に戻ってきたら、俺と結婚するというのはどうだ？　もちろんかたちだけでかまわない。おまえもそのままで変わらなくていい。おまえの好きなように、自由な暮らしをさせてやるから」

冗談めかしていたが、キラルが見つめる彼の表情も声の調子も真摯《しんし》だった。

ガデスは公爵家の生まれでも嫡子ではないから、成人後は家を出て、子供がいない父の弟の子爵家に入り、そこを継ぐことになっている。

それなら、たとえばキラルと結婚したとして、ガデスの代に子供が生まれなくても、跡継ぎは前例に倣って親族から譲り受ければいい。特に位が高い家でもないなら、宮廷や社交の場に赴く機会もめったにない。

しかも、変わらなくていい。日々の自由が手に入る。

その『かたちだけの結婚』の提案は魅力的で、キラルは一瞬本気で考えてしまった。

「……なにを馬鹿なことを言っている。将軍を目指すなら、出世に役立つ名家の令嬢を嫁にもらえ」

「そういえば子供の頃は、そんなことも言っていたな。でも今は俺だって、もう少し現実的になっている。夢みたいな出世なんか、もう望んでいない」

ルルフォイだけでなく、帝国の貴族社会では、どんな立場の者にも制約がある。

家名を継ぐ嫡子以外の男子は、宮廷で重職に就くことは、まず不可能だ。

皇帝陛下のお側《そば》近くを守る近衛隊は、容姿端麗な名家の嫡子から選び抜かれた者でなければ入隊も叶わない。

次子の身で武官になっても、帝国内での戦乱はなく、手柄を立てる機会もないから、昇進はまず無理だろう。

仕事といえば、海外に送り出す新兵の教育くらいか。

一般市民の志願者を鍛えあげる職務は、派手さはないがガデスの性格には向いている。

彼の資質を思うと、立身出世の機会すら与えられないのは惜しいことだが、貴族の家に生まれた以上、その仕組みに従う以外の生き方は許されていない。

「子爵家は宮廷から離れているが領土は広い。贅沢《ぜいたく》はさせてやれないが、馬でも剣でもおまえの望みのままだ。——もし俺の帰国までに、運命の相手ってやつが見つからなかったら、考えてみてくれ」

ガデスはそう言い残して海へと旅立っていった。

キラルのもとにはそれ以後も求婚の書状が山をなし、両親から決断を迫られたりもしたけれど、ガデスの言葉に揺れる心を鎮《しず》めることはできなかった。

そして結局、二年経っても結婚相手を決められない。

——まるで、ガデスが帰ってくるのを待ちわびていたように。

二年をかけて帝国の領土を巡る船団は軍艦に守られていて、視察のために乗船している貴族の子弟が危険に遭遇する可能性など、ほとんどないという話だ。

ガデスたちが災厄に巻き込まれたのは、きわめてまれな例だろう。

海の彼方に広がる大陸のひとつの国では権力者が富を独占し、一般市民との貧富の差から、激しい暴動が起こった。ちょうど皇帝の使者の一団が上陸していたときだ。

船に戻ることもできない状態で、護衛は攻撃され、使者は拘束され、見聞を広めるために付き従っていた貴族の子弟たちは、わけもわからず異国の地を逃げ惑う。

そこを団結させ、撤退の指揮を執《と》ったのが、ガデスだ。

彼は怪我《けが》をした使者を背負い、同輩たちを引き連れて戦地を突破し、分断されていた軍隊と合流し、無事に船まで帰還した。

奇跡的に一人の死者も出さずにすんだのは彼のおかげだと、使者も軍人たちもその活躍を褒めたたえ、ガデスは一躍英雄となる。——という話がキラルのもとまで届いたのは、ずいぶんとあとのこと。

外出も許されないキラルの耳に入る情報は少ない。視察団が帰国したことさえ知らないうちに、ガデスが直接会いに来た。

彼は帝国の港に船が到着するなり、馬を飛ばして伯爵家まで駆けつけたのだそうだ。公爵家へ帰国を報告するより先に。ほかのすべてのことを後まわしにして。

身なりを気にする余裕はなかったのか、長旅向けの簡素な平服姿のままだった。陽に灼《や》けた顔で、いっそう逞しくなった身体で迫り来る男のただならない様子に、キラルは再会を喜ぶよりも呆気《あっけ》にとられていた。

「まだ結婚相手は決まっていないな、二年前の俺の話、覚えているか?」

二年の間、髪を切ることも禁じられていたから、キラルは背まで伸びた長い髪を首の後ろでくくり、ゆったりとしたチュニックを纏っている。

武官を目指そうと思った過去が信じがたいほど、自分が脆弱《ぜいじゃく》になっていると感じた。優美で繊細な伯爵家の家風に、どっぷりと染まってしまっている。

そんな自分と引き比べ、明らかに強靭《きょうじん》さを増した男の姿は眩しくて、圧倒されるばかりだった。

「――キラル、答えをくれ」

返答を迫られて、焦ったキラルはうっかりと間抜けな答えを返してしまう。

「馬に乗りたい。子爵家の土地は広いんだろう、馬を走らせられるなら」

伯爵家では庭に出ることすら制限されていたし、二年に及ぶ幽閉じみた生活には、もう飽き飽きしていた。

外の世界の風を運んできたガデスを見て真っ先に思ったのが、思いきり馬を走らせたら気持ちがいいだろう、という連想だったのだ。

「馬か！　馬だな、よし。馬を贈るから、――かたちだけでいいから俺と結婚する、それで決まりだ」

キラルが念を押すまでもなく、「かたちだけでいい」とガデスは言った。

そのとき奇妙な気持ちになったが、己の心情を分析する猶予は与えられず、急《せ》かされたキラルはうなずいていた。

「ああ、かまわない」

その答えを受けとった途端にガデスは駆け出していき、キラルはわけもわからず呆然《ぼうぜん》と、後ろ姿を見送った。

視察団の噂話がキラルのもとまで届き、多忙の理由が判明したのは、その翌日だ。

御前祝賀会で皇帝陛下より労《ねぎら》いのお言葉を賜ったガデスは、望みの褒賞を問われて、キラルとの婚姻の許しを願い出たという。

――キラルは確かに承諾したが。

ガデスが英雄になってしまったために、事態は思いも寄らない方向に転がっていく。皇帝陛下直々に祝福されて、公爵家では前例のないことに、次子であるガデスの婚礼を嫡子と同等に扱い、本邸で執り行うことに決めたのだ。

格式にふさわしい装いが必要だと、ドレスを用意させたのはキラルの両親だ。

ほんの二年前までは、「男として強くなれ」が口癖だった父親が、ドレスを着てくれと説得にかかる。まるで悪夢のような日々だった。

首も腕も覆い隠す白い百合《ゆり》の花のようなドレスは美しかったが、公衆の面前で自分がそれを着るとなると、悪い冗談としか思えない。

学校で侮辱した男子生徒に膝蹴りや拳《こぶし》を見舞ってやったキラルが、しとやかな花嫁を演じさせられるとは。

屈辱を感じるのなら、断固として拒否すればよかったのだが、それができなかったのはキラル自身の弱さだ。

自分が存在するだけで傷つけているような気がしていた母との関係を修復する、またとない機会をふいにしたくなかった。

親友のガデスならばキラルを理解して、きっと幸せにしてくれる。そう言い聞かせて祝福する母の笑顔を見ていたかった。

両親を喜ばせたくて纏ったドレスだが、キラルの全身からは、やり場のない怒りが滲《にじ》み出ていたのかもしれない。

結婚式の間中、傍らのガデスは囁《ささや》き声で、何度も「すまない」とあやまっていた。

彼のせいではないのはわかっていたし、キラルは決して、彼に対して腹を立てていたわけではない、——あのときまでは。

式が終わって子爵家に向かう馬車に乗り込み、裾を引きずる長いヴェールをむしりとる。そのとき初めてガデスは、花嫁の装いに飾り立てられたキラルを直視した。

疲れ果てたキラルは投げやりな、ひどい顔をしていただろうに。隣の席からまじまじと見つめたあげく、ガデスは「綺麗だ」と呟《つぶや》いたのだ。

彼が、吸い寄せられるような陶然《とうぜん》としたまなざしを自分に向けるなど初めてだったから、キラルは戸惑い、身動きすることもできなかった。

至近距離まで迫った男の顔を慌てて押しのけてようやく、くちづけされそうになっていた驚愕《きょうがく》の事実を覚《さと》る。

「——おまえ、なにを考えている!? 結婚はかたちだけだと言っただろうが!」

「そうか、……そうだった」

我に返って頭を抱えるガデスを、キラルは動揺のあまり罵《ののし》り続け、二人の新婚生活は、幸せとは言いがたい状況から始まった。


それでもキラルは結婚により、自由を手に入れたはずだった。

ガデスに家督を譲った叔父夫婦は田舎《いなか》の別邸に引っ越してしまったし、古めかしい館には家令と召使いの老夫婦しかいない。

英雄に祭りあげられたガデスは入隊したばかりの軍部で忙しく、日中はほとんど家にいられなかったし、夜に帰宅して眠るときでも、寝室は最初から別だ。

結婚休暇の七日の間に、求婚の際に約束した馬を、彼は探してきてくれた。

贈られた馬で、キラルがどれだけ野山を駆けまわっても、咎《とが》める者は誰もいない。

遠慮しなければならない相手はいないし、果たすべき義務もない。

——ようやく身軽になれたはずが、楽しいとも思えないのは、なぜだろう。

かたちだけの結婚をして、なにも変わらずにいられること。

それを望んでいたはずなのに。

◆

「――ガデスが怪我!?」

毎日飽きずに馬を走らせても、一向に心は晴れないまま、館に戻ろうとした夕刻。

キラルは厩舎に駆けつけた家令から、思いがけない報せを受けた。

「あんな頑丈な男が、どうして怪我なんかする？」

「ご主人様は訓練の際に落馬しかけたご同輩を助けようとして、下敷きになられたと」

「それならわかる、ガデスらしい。怪我の具合はどうなんだ？」

説明を受けながら館に急ぐと、玄関前の車寄せに馬車が停《と》まっていた。

「馬車で運ばれたのか？　身動きもできないほどの大怪我なのか、――ガデス！」

玄関先に立つ集団の中にひときわ背の高い姿を認め、キラルは駆け寄る。

名前を呼ばれて振り向くガデスは、自分の足で立っていた。

心配するほどのことでもなさそうだと安堵したのもつかの間、キラルは彼の、常とは異なる様子に気づく。

軍服を、袖《そで》を通さずにはおっているのは、上半身に傷を受けたからか。

「腕が動かないのか。怪我はどこだ、肩か、胸か？」

「キラル。肩を打ったが、たいしたことはない。俺はもともと丈夫にできている」

まわりが大騒ぎしすぎるんだ、と苦笑するガデスに、傷を見せろとキラルが掴《つか》みかかる。

途端に笑いを引っ込めて、彼はその場から後退りした。

「あ……」

とっさの行動に彼自身が驚いたようで、ガデスの顔には気まずげな表情が浮かぶ。

怪我に障《さわ》るから、というよりも、キラルとの接触を避けたのだろう。

覚ってしまったキラルのほうも、それ以上は近づけなくなる。

——やっぱり原因は、あれか……。

結婚式を終えてヴェールをとったキラルに、ガデスはなぜだかくちづけしかけた。

伴侶となる誓いを述べたあとのこと。キラルはドレスを着ていて、女性に見えなくもない姿をしていた。

二人きりになった馬車の中で、ガデスが多少雰囲気に呑《の》まれたって、仕方のない状況だったのかもしれない。

驚いたとはいえ、なにもあれほどの勢いで罵ることはなかったのに——。

それ以来、ガデスは二度と同じあやまちを犯さない。

キラルには決して触れない。

以前のようにおおらかな笑顔を見せて、飄々《ひょうひょう》とした態度をとりはするものの、慎重に距離を置く。

キラルは自分の過剰反応を後悔してはいるけれど、うまく歩み寄る方法を見つけられないまま。あれから二人の間には、不自然な緊張感が漂っている。

張りつめた空気を破ったのは、新たな馬車が到着した音だった。

「ご主人様、お医者様がお見えになりました、こちらへ」

家令に先導されて、馬車から現れた医師とその助手が、ガデスを寝室へと促す。

「薬を処方してもらうだけだ、すぐにすむ」

そう言い残してガデスは館の奥に向かい、キラルもあとを追おうとしたが、背後から呼びかけられて足を止める。

「キラル」

家の外の人間から名前を呼ばれるなど、いったい何年ぶりだろう。

驚いて振り返ると、玄関先に立っている二人の姿が目に入る。

ガデスと同じ簡素な軍服を着ているから、同輩だろうか。

「覚えてないかな、おれたちも学校で同級だったんだよ」

「その顔だと記憶に残ってなさそうだ。キラルはほとんどガデスとしか付き合いがなかったみたいだし」

言われてみれば、見覚えがあるような気もするが。

「ガデスと結婚したって聞いたときには驚いたけど、その選択は正しいな。あいつは大物だから、きっとこれからもっと出世する」

「うん。視察団でも一緒だったおれたちにとっては、あいつは命の恩人っていうか。今日も走っている馬に飛びついて、落ちてくるやつを受けとめたんだ。あんな真似をする勇気があるのはガデスだけだ」

彼への称賛をこめてうなずき合う、かつての学友を見ているうちに、キラルも頬《ほお》のこわばりを解き、笑みを浮かべることができた。

「その同輩も無事ならばよかった。ガデスの怪我もたいしたことはなさそうだし」

キラルが答えを返すと、二人は揃って顔を向け、まじまじと見つめてくる。

「喋《しゃべ》り方も声も変わらないんだな。——っていうか、キラル、全然変わってない。結婚して奥方らしくなったかと思っていたら」

その何気ない一言で、キラルはようやく己の姿を意識した。

馬で駆けまわってきたあとだ。適当にくくった髪は乱れて、動きやすいからと着ているチュニックも土埃《つちぼこり》にまみれているはずだ。

貴族の奥方という立場には、まったくふさわしくない格好だろう。

「ほら、ルルフォイの一族は成人すると『発情期』が来るとか、それで髪と目の色が別人みたいに変わるとか、噂で聞いたことがあるけど」

「そういうのは大昔の伝説だろう。おまえ、本気にするなよ」

一人が、もう一人の発言をたしなめている。

確かに、発情後のルルフォイの姿を見られるのは限られた人間だけだから、それ以外の人にしてみれば、信じられなくても無理はない。

——だけど、変わる。

年が離れた二人の姉が結婚を経《へ》たあとに、その身に纏う色彩を変化させたのを、キラルは目のあたりにしていた。

キラルが変わらないのは、いまだ発情期を迎えていないから。

発情期に入らないのは、ガデスに指一本触れさせていないから。

彼にとっては恥にしかならない状況が一目瞭然《りょうぜん》の姿を、人目に晒してしまっている。

ずっと寝ぼけていた状態から、はっきり目が覚めたようだった。現実を直視するなり、キラルは全身から血の気が引いていくような気持ちを味わう。

「帝国に帰ってきて以来、ガデスはずっと忙しかっただろう。大陸での体験談と意見を聞かせてほしいって、軍部のお偉方からも引っ張りだこで。怪我をしたのは、この機会に身体を休めろってことじゃないか」

「うん。せっかく新婚なのに、ガデスは家でゆっくりする暇もなくて、キラルも落ち着かなかったんじゃないか。この百日間、ほとんど休みもとっていないみたいだし」

「百日……？」

——信じられない。

新しい環境で生活を始めて、ただ漫然とすごすうち、そんなに月日が経っていたのか。

「休みは七日くらいでいいか？　こっちで申請を出しておくから、任せて。少しのんびりするといいって、ガデスに伝えておいてくれ」

「そうそう。せっかく新婚なんだから、もう一回くらい結婚休暇を楽しみなよ」

『せっかく新婚』を何度も言うな、余計なお世話だ、と言い返したかったが。

もしかしたら彼らはガデスの家庭不和を覚って、気を利かせているのかもしれない。

呼び止める間もなく、かつての学友たちは陽気な挨拶を残して去っていく。

ほかに誰もいなくなった玄関に、キラルはしばし立ち尽くしていた。

不自然な膠着状態が百日間も続いているという事実に愕然としたまま。

「これからその身に起こる変化を恐れてはなりません」

キラルにそう言い聞かせたのは、長子のシエラだ。

あれは結婚式の前日、たまたま二人きりになったとき。髪の手入れを始めた彼女にあらがえず、キラルはその手に頭を預けていた。

帝国貴族の男子としての教育を受けたキラルは、馬術や剣術を習得し、強さへの憧れを抱いている。一族の中では、かなり特殊な育ち方をしたせいか、年の離れた優美な姉たちは遠い存在で、仲よく遊んだ記憶もない。

ルルフォイという、美によってのみ生きながらえているような特殊な種族に対しての、苦手意識もあるのだろう。

シエラは婿《むこ》を迎えて館の別棟に住み、すでに三子を成している。その末子のリュリは自らの意思で学校に通い始めた変わり種だと聞いていた。変わり種の先輩として、キラルはその子に関心があるけれど、両家の間に親しく行き来する習慣はない。

シエラとキラルの間には長年の距離があり、姉と二人きりでの会話など、ほとんどこれが初めてだった。

「キラル、強くて賢いあなたなら、わかっているはず。成人したあとの私たちを一生縛りつけてしまう、男や女という性別など、実はたいした問題ではないの」

彼女がなにを言い出すつもりなのか予想もつかず、髪を梳《くしけず》られながら、キラルは緊張に身を硬くする。

「ただ一人の存在に出会ったとき、その人を愛することが可能だと認めたとき、なにかが変わる。これは帝国人種でも同じこと。ルルフォイは、それが姿に表れてしまうだけ」

――つまり、誰かを愛した心の証《あかし》が外見までも変えるということか。

そんな種族に、なぜ自分は生まれついたのだろう。

姉の言葉は、なんの救いにもならない。それどころか、おぞましさすら感じてキラルは顔をゆがめる。

「シエラは婿殿にお会いした瞬間に、これが愛するお方だと、運命を感じたのですか?」

そう訊いたキラルの声には刺々《とげとげ》しさと揶揄《やゆ》が含まれていたかもしれない。

それに対して、姉はきっぱり言いきった。

「いいえ。愛しているとわかるのは、ずっとあとのこと。都合のよい運命の啓示など、誰の身にも起こりはしません」

否定の言葉に驚いて、キラルは背後を振り返り、姉を見やる。

胸にふくらみのある、ドレスを纏ったやわらかな体型。高く結いあげた優雅な髪型。けれど、唇を引き結んだ美しい顔に弱々しさはない。表情は確信に満ちていた。

これが変化を乗り越えた人の芯《しん》にある強さかと、キラルは心の中で感嘆する。

「では、いつわかるのです？　どうやって」

「くちづけを許せたら、わかります。次の日に姿が変わったら、その方を受け入れるしかなくなります。その次の日になっても命があれば、それは、その方を愛しているからなのだと覚らざるをえなくなる」

姉の言いようがあまりに恐ろしかったので、キラルはそれきり返す言葉を失った。

結婚式を挙げて以来、伯爵家には一度も行っていないから、キラルの姿が変化していないことを、一族の者は知らない。

今のキラルを目にしたら、シエラはなんと言うだろう。

いまだ、誰も愛したことのない、――たった一度のくちづけすら許す勇気を持たない、キラルを見たら。

『強くて賢いあなた』などという言葉は、二度と出てこないに違いない。

怪我を負って帰宅した夜のガデスは、痛み止め薬の作用で深く眠っている。

彼のためにできることなどなにもないから、キラルは自室に引っ込んでいたが、風呂《ふろ》を使っても、寝床に入っても、どうにも気持ちが落ち着かない。

夜半にとうとう部屋を抜け出して、ガデスの寝室に向かった。

妻という立場にあるから、誰に咎められるわけでもないのに。彼の部屋に入り込み、寝台に近づくときには、なぜだか忍び足になっている。

結婚以来、寝室は別だから、彼の寝顔を盗み見るだけでも後ろめたい気分だ。

枕に頭を置いたガデスは、上半身裸で肩に包帯を巻いていた。上掛けを押しのけて汗をかき、苦しげにうなされている。

「……っ」

骨折も出血もなく命に別状はないから、湿布を続けて安静にしていれば、そのうちよくなると医師は言ったが。打ち身のせいで発熱したのか、つらそうな呻《うめ》きを洩《も》らす。

キラルは寝台の端に腰かけて、召使いが用意していった洗面器の水で布を濡《ぬ》らして絞る。額に浮いた汗を拭《ぬぐ》っていると、彼を苛む苦痛が伝わってくるようだった。

身体も精神も頑丈で健全で、どこもかしこも強靱に見えるガデスだが、今のこの苦悶《くもん》の表情は、熱や痛みのせいだろうか。

本来なら心安らぐ場所である家庭を持ったはずなのに。

この館で彼は、平穏を得られているのか。

喜びも幸せも、キラルは彼になにひとつ与えていない——。

「っ、……っう」

まるで悪夢と戦っているように、ガデスは顔をゆがめて歯を食いしばる。

その表情を見下ろすキラルは、彼が見ている悪夢を、自分が作り出しているような気持ちになった。

——こんなふうに苦しませたくはない。

彼に気まずげな顔をさせたり、頭を抱えさせたりしたくない。

『かたちだけの結婚』なんて言葉に、いったいいつまで縛られているのか。

かたちだけだろうとなんだろうと、実際に結婚式を挙げ、祭壇の前で伴侶となる誓いの言葉を述べたのは、キラル自身だ。

すべてを分かち合い、生涯を共にすると、自らの声で復唱したのだ。

あの日から二人は新しい環境に移り、ガデスはどんどん前へと進んでいく。

出世は望まないと諦めたあとで、思いがけない事態により英雄扱いされている。今の状況に戸惑いはあるだろうに、彼は潔く変化を受け入れている。

キラルだって、彼に置いていかれたくないと思っていたはずだ。決して、変わらないことだけを望んでいるわけじゃない。

彼のもとを去りもせず、百日も無駄な膠着状態を続けているのは、なにを守るためなのか。いったいなにを恐れているのか。

自分の意気地のなさが腹立たしい。

たった一度のくちづけを許す勇気もないまま、いつまで——。

先に耐えられなくなったのは、キラルのほうだった。

自暴自棄的な衝動に突き動かされて、横たわるガデスの上に身を屈《かが》める。

苦しげに寝返りを打つ彼が、呻いてのけぞるように動き、わずかに唇が開く。

キラルはそこに自らの唇を押しつけて、思いがけない感触に身を震わせた。

発熱しているせいか、彼の唇は熱かった。そして、目に見えるところは乾いているのに、その内側は濡れている。

自分の唇だって、そうだ。人体は、そういう造りになっているのか。

でも、二人の人間の濡れた部分をこすり合わせると、そこからなぜだか、未知の感覚が湧き起こる。

「……っ」

他者との接触に慣れていないキラルは、その生々しさにうろたえた。

身を引くと、彼の唇が追いすがってくる。乾きを癒《いや》す潤いを求めるように。

その無意識の動きにほだされて、キラルは舌先を伸ばしていた。

彼の下唇を舐《な》めたあと、顔を傾ける角度を変えて、上唇を噛《か》むようにして挟み込む。

さらに大きく唇を開いて、ガデスの唇の奥の濡れた部分と咬《か》み合わせる。

「……ン、ッ」

咽喉《のど》の奥から声を洩らしたのは、自分だけじゃなかった。

密着していた唇を慌てて離すと、ガデスが喘《あえ》ぎながら瞬《まばた》きをする。

目を開けた彼は、自分の上にのしかかっているキラルを見あげた。

焦る心と裏腹に、身体のほうは凍りついたみたいになって動けない。キラルはただ目を見開いて、彼を見下ろす。

「キラル……」

ガデスが呆然と呟く。

——意識のない相手に、勝手になにをしていたのか。

寝込みを襲うという、尋常ではない行動を自覚して、キラルは激しい羞恥《しゅうち》に襲われた。

カッと熱くなった頬を背けて、ベッドから立ちあがろうとする。

けれど、ガデスが枕《まくら》から頭を起こして、キラルの腕を掴むほうが早かった。

「——ッ」

唐突な動作が痛めた肩に響いたのか、彼が顔をしかめて身を折る。

「ガデス！　無理に動くな、傷に障る」

夕刻、医師に処方された痛み止めを彼が服用するのを見たが、その効き目が、もう薄れているのか。

「これを飲め、痛みがひどくなる前に」

キラルはサイドテーブルのトレーから粉薬の包みをとりあげて開くと、荒い息を吐くガデスの唇の隙間に突っ込む。

途端にむせ返る彼を見て、順序を間違えたことに気づいた。

「吐き出すな、飲み込め」

命令しながら水差しをとり、グラスにそそぐと、もう一方の手でガデスの顎《あご》を掴む。

咳き込むのを我慢している彼の身体は揺れていて、口許《くちもと》に押しつけたグラスから水がこぼれた。キラルはとっさにグラスの水を口に含んで、それで彼の唇をふさぐ。

——飲み込めと命令したのは自分だし。その前に無理な動きをさせたのも。

それに、もう唇の感触は知っている。これくらいのことはなんでもないと、自らの行動を言い訳しながら唇を開く。

途端に苦い粉薬の味が伝わってくる。

水を流し込んでやると、彼はようやく、粉薬を飲み下せたようだった。

顔を離すと、ガデスの咽喉仏が大きく動く。唇からあふれた水が顎を伝って咽喉元に滴《したた》り落ちる。

キラルはなぜだか息がつまるような感覚を覚えて彼から目をそらし、口に残った薬の味を飲み込んで、グラスをテーブルに戻した。

「痛みが引くまで、眠れ」

片方の肩に包帯を巻いているだけで、寝具から出ているガデスの上半身は裸だ。

がっしりした骨格の上に筋肉を張り巡らせた肌がむき出しになっている。

その肌に手を伸ばしたのは、彼の上半身を倒して寝かせるつもりだったのだ。

胸を押した手は、硬さの内に弾力を秘めた生身に触れた。体温を直接手のひらに感じて、キラルは動揺する。

「寝ていろ、熱い、まだ熱がある……」

のしかかった体勢のまま、慌てて手を離そうとしたせいで、バランスが崩れた。

手首を引かれたら、あっけなく彼の胸板に倒れ込む。

怪我をした肩をとっさに避けたが、それでもまだ充分な面積があり、キラルの細身は、逞しいガデスの身体に乗ってしまった。

「なにをする、……ガデス、熱でどうかしているのか」

彼は手首を掴んだままで身体を反転させて、覆いかぶさり、キラルの身体を寝台に横たえてしまう。

もう、身動きがとれない。

怪我をした肩を突いて本気であらがったなら、即座に解放されただろうけれど、キラルは抵抗したくなかった。

彼がこうして行動に出る日を待っていたのかもしれない。

「……っ」

近づいてくるガデスの顔には、これまで見たこともない表情が浮かんでいた。

思いつめているような、ひどく怒っているような、同時にすがりつくような。

そのまなざしを真っ向から受けとめるのは恐ろしく、キラルはおののきながら、唇をこじ開けられた。

ガデスは日頃の陽気な態度をかなぐり捨てていた。

飢えた獣じみた勢いでキラルの唇を貪《むさぼ》る。

「——ッ」

濡れた部分に侵入し、突き入れた舌を暴れさせて、キラルの口の底まで嬲《なぶ》る。

強い男だというのはわかっていたが、それだけじゃない。こんな激しさを、いったいどこに隠していたのか。

「んん、……っ」

わななく身体を拘束されて、むき出しの欲望を叩きつけられる。

未知の感覚が、寝台の上でそり返ったキラルの背骨を走り抜けていく。

「んあ、っ」

濡れた音を立てて唇が離れると、痺《しび》れたままのその場所から、自分が洩らしているとは思えない喘ぎがこぼれる。

「あ、っ、——ッ」

熱い唇を耳の下に押しつけられて、キラルはたまらずのけぞっていた。

くちづけを終えたあともガデスはどこうとしない。のしかかったまま、キラルの首筋を強く吸いあげる。

肌の上を唇が這《は》うと、それに呼応するように、身体の奥底でなにかがうごめく。

キラルは自分の内から湧きあがる異様な感覚に戸惑う。

——なんだ、これは。

「キラル」

咽喉元を噛みつくように濡れた唇で覆われて、寝台から背中が跳ねあがる。

その隙に、腰を抱きすくめていた彼の手が移動して、夜着の裾をまくりあげ、その内側に入り込もうとする。

脇腹を直接撫《な》でられて、キラルは驚愕のあまり制止の声をあげていた。

「ガデス、待て」

動きを止めようと、肩口に埋められた彼の頭に手をかける。たったそれだけのことでも、そこから伝わってくる感触に目眩《めまい》がしかけた。

彼の黒髪は見た目からして硬そうだが、こんなふうに髪の中に指を差し込んで、手触りを知るのは初めてだったから。

おずおずと頭から手を離すと、彼が顔を持ちあげる。

キラルも喘ぎを洩らしていたが、ガデスも荒い息を吐いていた。

切羽つまった表情をそこに認めて、キラルは背筋に痺れを覚えた。

ゾクッとした感覚は、不快や嫌悪とは違う。

まるで、男の欲望がまっすぐ自分に向けられていることに対する歓喜のような——。

彼に間近から見つめられると、せわしく息をする濡れた唇が恥ずかしくなり、手の甲で覆いながらキラルは目を伏せる。

「待て、……一晩は経たないと、変化が起こらない」

「変化？」

「ルルフォイらしい姿に変わる」

「ああ……」

そのことを忘れていたのか、ガデスが呆然と呟く。

「紫色の目と銀色の髪に変わる？」

「発情期が来れば、そうなる」

「俺は、今のままのおまえでいい」

「いいと言われても、私が無理だ」

変化しなければ、他者と抱き合う行為自体が不可能なのだ。成人前のルルフォイの身体には、交情を行う器官がないと聞いている。

だけど、彼の身体を押しのけようとする手に力が入らないのは、本当は拒みたくないからだ。

初めてのくちづけを拒んで罵って、ずっと後悔していたから。

「俺はルルフォイの末裔が欲しいわけじゃない。……でも、そうだな、おまえはいやか。女になってもいないのに、こんな真似をされるのは。俺は一晩待てばいいのか？」

目前に迫る彼の裸体から熱が伝わってくるようだった。

――この男に、こうして求められていたい。

心の底から湧きあがる望みにうろたえ、キラルは苦悩の表情で身を起こす。

「すまない。一晩経っても、きっと女性にはなれないと思う」

「……俺は運命の伴侶じゃないってことか？」

「違う、おまえのせいじゃなくて、原因は私にあるんだ」

言葉の意味がわからないというように、ガデスは眉根を寄せる。

「ルルフォイには性別がないと聞いているだろう？　伴侶となるべき人間と出会ったときに発情期を迎えて、相手に対応する性別に変わると。――でも、私はそうじゃない」

キラルがなにを言い出すつもりか、彼には予想がつかないようだ。

このままいたずらに悩ませるよりは、さっさと真実を知らせてしまったほうがいい。

「口で言うより、見せたほうが早い」

キラルは寝台を滑り降りると、着ていた夜着に手をかける。

ボタンを外して丈の長い上衣を脱ぎ捨て、続いて下衣も、下着まで。

静かな深夜の寝室に、布地がこすれる音だけが響く。

自分はいったいなにをしているんだろう、とキラルは思う。

正気を失っているのかもしれない。

だけど、このまま、また苦しい膠着状態に戻りたくはない。

本当は、くちづけの前に告白するべきだった。

それよりも、結婚式を挙げる前に。

彼が初めて結婚の話を口にした二年前、なぜ打ち明けなかったのだろう。

自分の秘密を知られる勇気がなかったのか。

帰国したあとも彼に、友人と思われていたかったからか。

それなのに結婚話を持ち出されて、気持ちが揺らいだ。

身体よりもあやふやなのは、心のほうだ。

キラルは自棄《やけ》のような勢いで全裸になると、今まで背を向けていたガデスに向き直る。

彼は寝台の上で、呆然と目を見開いていた。

長い髪で肩や胸はところどころが隠れるが、下半身はむき出しだ。キラルは寝台の端に腰かけると、わざと片方の膝を立てて、脚の間が彼から見えるようにする。

そして、自分も発熱していると思った。

熱に浮かされて頭がぼうっとした状態で、ガデスを促す。顔にあてている視線を、もっと下のほうに向けろと。

「見ろ、……わかるか？」

ガデスの視線が、その場所に向く。

途端に湧きあがる羞恥と屈辱。そして、それだけじゃない奇妙な感情にも苛まれ、今にも意識が遠のきそうだ。

「生まれたときからこうなんだ。私は帝国人種との間に生まれて四世代目にあたるから、ルルフォイの血が薄れてきているのかもしれない。女性になるのはおそらく無理だ」

股間《こかん》についた余分な器官が消えることもないだろう。

「おまえに限らず、誰が相手だろうと、発情が可能かどうかもわからない」

キラルは自嘲をこめて続けるが、顔をあげたガデスの表情に嫌悪はなかった。

彼は、それまで呆然としていた表情を、毅然《きぜん》と引き締めて言う。

「俺は跡継ぎとして、子供のない叔父の家に入った。だから次の跡継ぎも、親族から譲り受ければいい。おまえが女にならなくても、なにも問題はない」

彼がいきなり、問題の核心をすっ飛ばしたことを言い出すから、今度はキラルが呆気にとられた。

「でも、あれほど怒った理由がやっとわかった。結婚式のドレス姿を、俺が『綺麗だ』と言ったら。……本当にそう思っただけなんだ。おまえを侮辱するつもりはなかった」

「侮辱したのは私のほうだ。男の身体に生まれたことを打ち明けずに結婚式まで挙げてしまった。このまま姿が変化しなければ、おまえに恥をかかせるとわかっているのに」

「恥だなんて思わない。変化してもしなくても、男でも女でも、俺はどうでもいいんだ。おまえがキラルで、俺を選んでくれたなら」

ガデスは薬の作用か発熱のせいか、猛然とかき口説いてくる。

全裸のままでいつまでも、彼の視線を浴びているのは耐えられなくなり、キラルはサイドテーブルに畳《たた》んで置いてあったガデスの白いシャツを引き寄せて、慌ててはおる。

「おい、待て」

袖を通して前をかき合わせたところで、彼に腕をとられてしまう。

「ガデス、待てと言っているのが聞こえないのか」

腕の中に抱き込まれながら、はだけかけたシャツの前を必死でかき寄せた。

「ああ、くそ、なんでこんなときに眠くなるんだ……」

薬の効き目が表れたのか、急激に眠気に襲われているらしいガデスは、逃すまいとするように、キラルを抱く腕に力をこめる。

「おまえは眠れ、痛みが引いて熱が下がるまで」

「キラル、ここにいてくれ、どこにも行かないでくれ」

「結婚式まで挙げたのに、今さらどこに行くというんだ」

口ではそんな強がりを言うけれど、先ほどのガデスの言葉を思い出し、キラルは泣きたい気持ちになっていた。

『変化してもしなくても、男でも女でも、俺はどうでもいいんだ』

——この男はどうして、いつでもキラルの気持ちを救ってくれるのか。

「朝になって、たとえ変化していなくても、俺といると約束してくれ」

遠のきかける意識を引き戻すように、ガデスは必死で食い下がる。

「私には、おまえのためにしてやれることなど、なにもないのに」

ガデスの率直な言いように引きずられたのか、キラルも思わず本音を呟いていた。

それに答えるガデスの声が夢の中を漂うような、やさしい調子になっている。

「笑ってくれたらいい」

「……なに?」

「キラルが笑ってくれたんだ、『ありがとう』って言って……」

最後はほとんど夢うつつに、それでも言いたいことを言い終えて安堵したのか、ガデスは寝息を立て始めた。

その腕の中に収まって、キラルは目を瞠っている。

「『ありがとう』って、あのときか……」

ガデスが口にした思い出話は、十五歳のときのことだろう。

彼の部屋での模型作りに誘われて、三度目だったか。

男同士の友人らしい扱いとは少々違う、時折女性をエスコートするような丁重さを覗《のぞ》かせるガデスの態度が気になって、キラルはつい、刺々しい言葉を吐いてしまった。

「おまえは他人をかまって世話を焼くことで満足感を得ているのか」と。

キラルの失礼な言葉にもガデスは怒らなかった。ただ微妙に顔をゆがめてから、笑顔を作って答えた。

「そうだな、俺はいつでも誰かに必要とされていたいんだろう」

ガデスは、それ以上はなにも語らなかった。キラルだって、自分の事情をくわしく打ち明けたわけじゃない。

ただ、どこの家にも誰にでも、——恵まれた公爵家に生まれたとしても、思い通りにならないことはあるのだろうと思っただけだ。

それでも、ガデスがほんの一瞬見せた淋しげな表情が気にかかったのかもしれない。

帰り際、キラルは彼に礼を言った。

「集中できる作業は楽しい。誘ってくれてありがとう」

慣れない笑顔は途中から、はにかみ混じりに崩れてしまったが。

それでもガデスは顔を輝かせ、「また明日」と、うれしそうに笑ってくれた。

——もしかして、あんなことだけでいいのか。

笑顔だったらいくらでも、彼に毎日向けられたはずなのに。

なにか与えたいと思うなら、差し出してみればいい。

今からでもやり直したいという、この気持ちが、明日になっても残っているなら。

——もしも姿が変わらなくても。

彼を受け入れたいと望むなら。

キラルが学校に通っていた頃は、ルルフォイの『発情期』を勘違いした生徒から、いやがらせのように性的な噂話を聞かされたこともある。

その中には、同性同士で恋人となり、深い関係を持つ者もいる、という話もあった。

だから、もしも身体がこのままだとしても、なにか方法はあるのかもしれない。

ただ、自らの肉体が本当に男性のものなのか、細部がどうなっているのか、キラル自身にもよくわかっていない。

それに今晩の一件は、ガデスにとっては夢の中の出来事のように思えただろう。目撃した、キラルのとんでもない行動も、目を覚まして熱が引いたときには、全部忘れているかもしれない。

それでも、彼の意識がはっきりしている平常時に、裸を見せて事情を打ち明けるなんて、きっとできなかっただろうから。

逞しい胸に抱き寄せられている今の状態は、恥ずかしいし落ち着かない。

前を留めてもいないシャツ一枚では、肌を密着させているのも同然だ。

目眩がしそうな慎みのない状況に、思わず大きなため息をついてしまう。

だけど、同時にキラルは安堵していた。

逃げ出せない腕の中に繋ぎ留められていると思うと。

隠し続けてきた秘密から、ようやく解放されて。

息がつまるような膠着状態も、これで終わりになればいい。

ずっと張りつめていた緊張が切れたせいか、いつの間にかキラルの意識も遠ざかり、深い眠りの中に落ちていった。

「……っ」

唇から声が洩れている。

身の内から火に炙《あぶ》られるような熱が湧く。

ガデスだけじゃない、自分も熱を出している。そしてうなされているんだと思ってキラルは寝返りを打つ。

やがて、髪に彼の唇が触れる。

大きな手のひらで頬を包まれる。

肌にまとわりつく髪をかきあげられて、シャツの襟をはだけられ、むき出しになった肩に熱い唇を押しつけられる。

「あ……」

間近に迫る彼の身体はずっしりと重くて圧迫感がある。

これは夢だと自覚しながら、のしかかる男の愛撫《あいぶ》を受けている。

まさか、これが自らの心に秘めた願望なのかと、呆れながらもあらがえない。

「ガデス、ん、っ」

彼の名前を呟きながら、生々しいくちづけを味わう。

「ガデス……？　もう朝か」

閉じた瞼《まぶた》を通して感じる周囲の空気が明るい。

眠ったのは明け方近い時刻だった。それからわずかしか時間が経っていないとは思えないほど、長く眠っていた気がする。

一度、死ぬほど深いところまで沈んで、そこから生まれ変わったような――。

キラルがはっきり覚醒《かくせい》したとき、目を開けた先にはガデスがいた。

瞬きするキラルを見つめて、彼は息を呑む。

「なに……」

見あげた彼の顔には、驚愕と畏怖《いふ》を混ぜ合わせたような複雑な表情が浮かんでいた。

「どうした、ガデス……？」

キラルが頭を起こして寝具に片肘をつくと、顔にかかっていた髪がさらさらと音を立てて流れ落ちる。なぜだか朝陽の中に、まばゆい光を放ちながら。

「……なんだ？」

キラルはおそるおそる手を伸ばし、髪を一筋とって陽に透かす。

それは銀色に輝いていた。

今までの見慣れた、鈍い鉄色の髪とは、まったく違う光を放っている。

光っているのは、それだけじゃない。

伸ばした手も、その内側に光源を持っているかのようだ。

目の錯覚かと思って身体に目を落とすと、かろうじて胸元は隠れているが、前がはだけたシャツの下から肌が発光している。

「まさか……」

成人して発情期を迎えたルルフォイの末裔は、それまで纏っていたくすんだ色を脱ぎ捨てて、銀の髪と紫の瞳に変わり、肌は真珠のような光沢を帯びる、――と聞いていた。

発情して体温があがったことで、自らが一個の宝飾品と化したように、まばゆいきらめきを放つのだ、と。

「……こんなことがあるのか」

――自分の目がおかしくなったわけではないなら。

この身にも変化が訪れたということか。

キラルの胸の奥で動悸《どうき》が激しくなる。

胸から飛び出しそうになる心臓を押さえつけ、まず真実を確かめずにはいられない。

この身は男のままなのか。それとも——。

ガデスとくちづけしたことが変異のきっかけならば、彼に対応しているはずだ。

「鏡はどこだ?」

その場でシャツを剥《は》ごうとして思いとどまり、キラルは急いで寝台を下りる。

結婚以来、ガデスの寝室で眠ったのはこれが初めてだから、どこになにがあるのかわからない。

「鏡なら風呂場にある。左の扉から出て……」

ガデスの言葉を最後まで聞かないうちに、キラルは裸足《はだし》で急いでいた。

浴室に続く脱衣室の壁に、全身が映る大きな鏡がとりつけてある。

キラルはその前に立つと、思いきって目を向けて、息を呑む。

白いシャツ一枚を纏い、腿《もも》までを隠す裾から脚をむき出しにしている。長い袖からは指先が覗くだけ。ガデスのシャツは大きくて、その内側にある身体が、細く頼りなく見えてしまう。

キラルは今まで、ルルフォイの一族の中では、自分は男らしい容姿だと思ってきた。

でも、素肌の上にシャツをはおっただけのしどけない格好で、挑むように鏡を見つめているのは、どこか妖艶《ようえん》な空気をまとわりつかせた人物だ。

――これは、誰だ？


衝撃のあまり動けずにいるキラルの横手で、閉めてきた扉が開く。

目をやらなくても、現れたのはガデスだとわかる。

やがて、彼の姿が鏡の中の自分の後ろに現れると、体格の差はいっそう際立つ。

彼は肩の包帯をすでに取り去っていた。上半身は裸で、筋肉の隆起は逞しい。

その精悍《せいかん》で雄々しい顔が、自分の髪に埋められていく。

――それが本当に自分なのか、にわかには信じがたいが。

銀細工のような髪に、彼が唇を触れさせると、確かにその感触が伝わってくる。

キラルは内心戸惑って途方に暮れているのだが、鏡の中の人物は、そうは見えない。

銀の髪に囲まれた肌も内から淡い光を放ち、宝石のような紫の瞳は潤みを帯びてきらきらと輝く。

それまでキラルが纏っていた髪と目の鉄色と藍色は、頑《かたく》なな内面にふさわしい色だった。

それが、突然きらびやかな色彩になってもすぐには馴染《なじ》めない。

居たたまれない思いで鏡から顔を背け、部屋に戻ろうとするキラルを、ガデスの腕が引き留める。

「寝室は今、掃除している。風呂からあがる頃に食事の用意をしておいてくれるそうだ。

入るか?」

「いや……」

「俺は湯を浴びてくる。熱を出して汗をかいたからな」

昨日までは寝室を共にしたこともないのに、いきなり一緒に風呂には入れない。

それならガデスが湯を使う間、自分はどこにいればいいのか。そこまで頭がまわらずに、キラルは呆然と立ち尽くす。

「掃除の者に、なんと言ってきた?」

「言うって、なにを? 俺は一昨日負った怪我が完治するまで、七日間の休みがもらえることになったそうだ」

「ルルフォイが一度発情期に入ると、それは七日続くというが……」

「おまえは丸一日眠っていたから、あと六日だな。その間は俺たちの邪魔をしないでくれと、言ってきてもいいのか?」

「……まだ、どうなるかわからない」

本当に七日続くのか、それとも変化は一瞬で終わるのか。

自分から言い出したことなのに確証が持てなくて、キラルは言葉を濁してしまう。

「キラルが俺に反応してくれた。それだけでもうれしい」

ガデスは言って、シャツから覗いたキラルの首筋に唇を落とす。

そんな些細《ささい》な接触でも、わななきが肌を駆け抜ける。

ガデスはその場で着ているものを脱ぎ捨てて、浴室へ向かう。

キラルは目のやり場に困りながら、そっとその後ろ姿を窺《うかが》う。

裸の広い背中を見たら、息が苦しくなるような感覚を覚えた。

彼に触れること、触れられるときを、自分は待っていたのだろうか。

——まさか、こんなに簡単だなんて思わなかった。

これではまるで、待ちかまえていたようだ。

丸一日かけて変化したという身体にも、まったく疲労は残っていない。

いつでも発情期に入れるよう、すでに準備が整っていたからか。

こうなることを望んでいたのかと、熱に浮かされる頭で思うと、いっそう肌が火照《ほて》りを帯びる。

再び鏡に目をやると、そこに映る姿は、あたりに淡い光を振りまくようだった。

ガデスが湯船に身を沈めた音を聞いてから、キラルはシャツの前を開く。

身体の造りに変化があるのかどうかは、よくわからなかった。

でも、男性の性器らしきかたちが、いまだ下半身に存在している。

髪や目の色や肌には変化があったのに、性別までは変わらなかったようだ。

これは、どういうことなのか。

内心不安に苛まれているはずなのに、鏡の中の自分の顔に弱々しい色はない。

それどころか、頬を上気させて瞳をきらめかせている。――これから起こることに対して、期待に胸をはずませている、というように。

くちづけをして体内に交ざった男の体液が、すでにこの身を変化させた。

キラルはガデスに対して欲望を抱いている己を認めざるをえない。

脱衣室と浴室の間の扉は開いていて、キラルがそちらを窺うと、床から階段を下って浸《つ》かるかたちの風呂に、ガデスがゆったりと背を預けているのが見えた。

視線を感じて呼応するように、彼もまた脱衣室のほうに顔を向ける。

キラルは先刻までと違って、はおったシャツの前をかき合わせていない。布地をはだけた間から覗く裸体が、彼の目にはなにもかも見えている。

そういえば、眠りに落ちる前にもすべてをあらわにしていた。今さら隠す必要もない。

肩に引っかかっていただけのシャツをその場に脱ぎ落とすと、全裸になって、キラルはガデスに歩み寄る。食い入るような彼の視線を浴びながら。

「結局、身体は変わらなかった。以前のままだ」

彼を見下ろして言うキラルに、湯から身を起こしながら、ガデスが答える。

「そうか。でも妙な話だが、ずっとおまえに焦がれていたのに、俺はおまえの裸を女の身体で想像したことは一度もなかった」

「『焦がれていた』って、今さら、なんだ」

「俺の気持ちには気づいていただろう。『かたちだけでいいから結婚しよう』なんて、我ながら恥知らずな理由をつけたもんだ」

飛沫《しぶき》を滴らせて立ちあがった彼は、キラルよりもはるかに背が高い。

学校に通っていた頃よりも、さらに体格に差がついているようだ。

逞しい裸体と向かい合うことに怖じ気づき、キラルは後退りしようとするが、伸びてきた彼の手が頬に触れると、それ以上動けなくなった。

「恥知らずだとは思わない。おまえは約束を守ろうとしてくれたし。……でも、裸を想像していたなんて知らなかった」

「知っていたら、絶対に許さなかっただろうな。潔癖で誇り高くて、容赦なく強くて、美しいキラル。おまえなら」

学生の頃の自分は頑固で人を寄せつけず、強がるばかりで。

勇気の足りない本性を見抜かれていると思っていたのに。

ガデスの言いようが、あまりに実像とかけ離れていて、こんなときだというのに、キラルは噴き出してしまう。

「なんだ、その見当違いの理想像は」

「理想なんて、そんなものだろう。惚《ほ》れているんだから、当然だ」

彼は両手でキラルの頬を包むと、上を向かせる。

『惚れている』などという初めての言葉を聞かされて戸惑ううちに、キラルは唇をふさがれていた。

夜の寝台でしたくちづけは飢えを満たすような勢いだったが、明るい朝の光の中では、やさしく丁寧《ていねい》な仕草で、愛の告白をされている気分になった。

「……っ」

彼の唇がやがて首筋に移り、胸元に移動するに従って、キラルの身のわななきが大きくなっていく。

それ以上の行為を恐れて、制止することもできたが、湧きあがる欲望のほうが、ずっと強い。

この男のせいで発情した肉体を、——その手や唇に触れられることを快く思っている、自分の姿を、その目に見せつけてやりたかった。

湯船に下る階段の途中にキラルは立っているから、湯に浸かっているのは膝までだ。ガデスは、なにものにも隠されていない肌を愛撫で辿《たど》り、次第に身を屈めていく。

胸に下った彼の唇が、わずかに隆起した尖《とが》りを舐める。

そのささやかなかたちを唇で包んで、広げた舌を這わせてくる。

そこから生まれる疼くような感覚に、キラルは身を震わせた。

「……っ、ガデス……」

彼の手はキラルの肩や腕や腰を捕らえつつ支え、唇は脇腹や臍《へそ》を探り、さらに下方へ下っていく。そして、下腹部で張りつめたような痛みを訴えている肉の芽を舐めあげる。

「っ、あっ」

舌の先が触れただけでもキラルは耐えられず、彼の頭を掴んで天を仰いだ。

その場所には身体中のどこよりも鋭い神経が集まっているのか、腫《は》れあがったように、火傷《やけど》したように痛い。——それなのに、痛いだけじゃない。

じっとしていられない、奇妙な感覚が押し寄せてくるのをキラルは必死でこらえた。

「——ッ」

それなのに、そこでもまだ止まらない。ガデスの手は腿の内側にかかり、さらに大きく脚を開かせる。

「ガデス、なに……」

身体から突き出た部分だけでなく、脚の間に隠れた箇所まで曝《あば》かれている。

自分でも目にしたことのない肉の奥まで舌を伸ばされて、接触のたびに背筋をそらすキラルは、もうその場に倒れそうだった。

「ガデス！」

声に交ざった懇願を聞き届け、ようやく彼はそこへの愛撫を中断した。

「おまえ、……なにを、よくも」

ガデスは先に腰を下ろすと、崩れ落ちそうなキラルを抱いて、膝の上に座らせる。

身体に力が入らなくて、なすがままにされたキラルは、紫のきらめく瞳で彼をにらむ。

「信じられない……」

あんなところを舐めるなんて、と震える指先を伸ばして彼の唇を拭う。

ガデスの唇は、今度はその指先を咥《くわ》えて濡らす。

身体中の神経がおかしくなってしまったように、彼の舌から伝わる感覚だけで、キラルは喘いだ。

「ガデス、……おまえ、知っているのか？」

なにを、と問いかける男をキラルは見下ろし、責めるように言う。

「これから、どうすればいいか」

「……いいのか？」

ごくりと息を呑み、ガデスは真剣な表情で問う。これからもっと先まで行為を進めて、キラルの奥深く探っていってもいいのかと。

「私を、……発情させたのは、おまえだ」

「ああ、そうだ、俺だ、責任はとる。どんなふうにされたい？」

「知るか、馬鹿」

頬を上気させたキラルは彼を罵るが、その声には甘えるような響きが交ざっていた。

ガデスは喜びをあらわにし、膝に乗せた裸体を抱きすくめる。

彼の唇を肩口に押しあてられて、キラルは熱いため息を洩らす。

見下ろす先のガデスの肩には打ち身の痕《あと》が痣《あざ》になって残っていたが、彼はもう痛みなど忘れたようだった。

夢中でキラルの肌に舌を這わせて、真珠のなめらかさを味わっている。

濡れた舌先を目にしたキラルは、さっき触れられた場所に疼きを覚えた。

キラル自身は直視する勇気もないまま、肉体の深部を彼には覗き見られてしまった。

そして、そこを舌で探られたのだ。

脚の間でうごめいた、あの感触を思い起こすだけで、身体が溶けて崩れそうになる。

「あ、あ、……ッ」

彼から受けた愛撫のせいで芯を持ち、尖ってしまった胸の彩りを、再び唇に挟まれて嬲られる。舌でつつかれた上にやわらかく歯を立てられて、キラルは激しくのけぞった。

体勢を崩しかけ、慌ててどこかに掴まろうとして、彼の腹に手をついたが、なぜだかそこは安定した平らな場所ではなくなっていた。

「——ウッ」

キラルの手を受けとめたガデスのほうも衝撃を受けたようで、一声呻くと大きく身を跳ねさせる。

「ガデス？　どうした、ここに……」

急いで手を離し、そこに突き出たものを見定めようと、キラルは身体の位置を少しずらして湯の中を覗く。

「おまえが裸で俺の膝の上にいるんだ。当然、俺だってそうなる」

「当然…？」

キラルの当惑した表情に、かえってガデスのほうが驚いたようだった。

「そうか、見たことがないのか」

何事か気づいた様子で呟いて、その身を浮かせる。慌てたキラルが彼の首に腕をまわして掴まると、そのまま背後の階段を何段か後ろ向きに登って腰を下ろす。

その位置では、湯は腿までしか来ない。

だから、さっきまでは湯の中に隠されていたガデスの股間もあらわになった。

キラルはそこに目をやって、驚きのあまりまじまじと見つめてしまう。

「――なんだ、それは」

学生の頃は毎日、彼の姿を間近で目にしていた。

傍らで脚を開いて座った姿を見たことだってある。だけど、どんなときにも、股間《こかん》がこれほど盛りあがったりはしていなかったと思う。

「なんだ、って。おまえが発情期に入って姿が変わったように、俺もおまえに反応して、こんなふうになるんだ」

「変化しているのか？」

「これのことなら、普段はもっとおとなしくして、服の下で寝ているぞ」

「でも、……全然違う」

自分の股間についている肉の突起など、比べものにもならない。ガデスのそれは、変化していないときでも、おそらくははるかに大きい。

己の身体は男だと思っていたが、もしかしたら、それともまた違うのだろうか。

「おまえは、これがいやか？　俺はキラルのなら、なんだっていい」

キラルの逡巡《しゅんじゅん》をはねのけるようにガデスは言いきると、腿の上に乗ったしなやかな脚の片方を掴む。

キラルは脚を両側に開かれて、彼と正面から向かい合うかたちになった。

逞しい腰に跨《また》がる体勢にさせられて、挑むようにガデスを見つめる。

羞恥と昂揚《こうよう》に惑乱しながらも、激しい欲情をあらわにした男の表情に安堵する。

未熟で不完全な裸を見ても、彼はキラルへの恋着を失わなかった。そのことに喜びを覚えている。

「あ、……なにをする？　なに、……ッ」

腰を抱き寄せられて、そそり立った大きなものに股間の肉の芽をすりつけられた。

潰《つぶ》されてしまいそうで恐ろしく、痛みと痺れにおののくが、今まで味わったことのない感覚が、その場所から生まれて全身を貫いていく。

「あ、あ、――う、あっ」

神経がひどく過敏になっている箇所を彼の肉でこすられて、キラルは初めて知る快楽に翻弄《ほんろう》された。

彼とぶつかり合うたびに声をあげ、髪を振り乱し、幾度も身を跳ねあがらせる。

「あ、ああっ……」

わななく頬に彼の手が伸びてきて、開いたり閉じたりせわしく動く唇を、嬲るように指でこすった。

「んんっ」

その指はそこから離れていかず、唇の間に沈み込んでくる。

キラルは先刻彼がしたように、侵入してきた指先に舌をからめて舐めてみた。

ガデスの指は長くて関節が太い。口をすぼめるように含んで舌をまとわりつかせるうちに、自分がひどく淫《みだ》らな行為をしている気分になってくる。

潤んで揺れる視界の先で、ガデスが食い入るように見つめているから、なおさらだ。

「んう、っ」

やがて、いやらしい音を立てて、指が唇から抜き出されていく。

たっぷりと濡れたかたちの感触を惜しむように、キラルは赤い舌先をひらめかせて唇を舐めた。

冷たい美貌が色づいている。熟した果物《くだもの》が甘い香りをあたりにふりまくように。

「キラル、いいか?」

見とれるガデスの声がうわずっている。

「なに……？」

キラルの問いには答えないまま、彼の手は腰の後ろにまわって尻を掴む。

それまで陶然としていたキラルが、荒々しい仕草に驚いて彼の首にしがみつくと、尻はさらに大きく割り広げられる。

「――っ、あ、あっ」

その奥にあたっているのは、たった今、自分の口が濡らした彼の指のようだ。それが突き刺さってくる。

未知の行為にキラルは身をすくませるが、怯《おび》えたのは、ほんの一瞬。

彼の指がもぐり込んでくる場所は、唇と同じだった。

普段は引き結ばれて守りは堅く、他者の侵入など許さない。けれども受け入れられた者だけは、その中が熱くやわらかいことを知る。

「……ッ」

キラルは自分の身体の奥が蕩けそうな状態になっているなんて、想像もしなかったが、ガデスの指を抵抗もなく呑み込んで、さらに先へと導いていく。

「キラル……」

拒まれないどころか、まるで歓迎されているような様子に驚いたのか、かすれた声でガデスが囁く。

「すごい、からみついてくる」

「馬鹿、おまえが、そうしたんだ、私の身体を変えて」

きっと、昨日まではこんなふうじゃなかったはずだ。

それが、彼とくちづけをしただけで、変わった。

さらに身の内深く、彼を受け入れられるように。

彼との交わりすべてを、歓《よろこ》びとして受けとめられるように。

「うあ、っ、キラル……」

たまらない、と呻いた彼は二本の指を、締めつけるそこから抜き出した。キラルは引き留めようとして、狂おしい感覚に喘ぐ。

「いや、いやだ、まだ……」

「ああ、わかってる。すぐにいっぱいにしてやる」

抑えのきかない快楽に苛まれていたキラルは、浮かせた腰に猛《たけ》ったかたちをあてがわれて、安堵の息を吐く。

「あ、あ、――ん、ああっ」

巨大な異物が押し入ってくるのに、恐怖よりも歓喜が上まわっている。

自分でも、脳裏の片隅では、尋常ならざる反応だと感じていた。

――これが発情期ということか。

確かに、運命に定められた、ただ一人の相手と交わる際には、怯えも苦痛も必要ない。

「ああ、っ、ガデス……」

圧倒的な質量に貫かれてキラルはもがき、男の腰の上で踊るように身をよじらせた。

「は、あ……」

ひどく昂《たかぶ》ったせいで、宝石のような紫の瞳には涙が盛りあがっている。

この世の誰もあらがうことは敵《かな》わない蠱惑《こわく》の瞳で男を見つめ、キラルは素直な気持ちを口にした。

「おまえは強い」

雄々しい力強さを全身から漲《みなぎ》らせているガデスは、称賛の言葉に白い歯を見せて笑う。

そして激しい動きを一旦収めると、腕の中のしなやかな裸体を、そっと揺らす。

「強い男が好きか？」

「おまえは本気を出すから、好きだ」

学生時代に剣で打ち合ったときのことを思い浮かべてキラルが言うと、ガデスもまた、同じ記憶をよみがえらせているのか、打てば響くような答えを返す。

「ああ、戦うときにはいつでも本気だ。勝ちを譲ったりするのは失礼だからな」

不敵な笑いを受けて、キラルは自分から男の頭を抱え込み、唇を奪う。

舌先で彼の舌を嬲りながら、自分の中に入り込んでいる熱の塊を意識する。

その場所から湧き起こる痺れるような快感に身をゆだねると、細い腰が自然にうねり出し、強く締めつける動きに変わる。

「ううっ」

蕩けた肉に包み込まれて絞りあげられ、逞しい体躯《たいく》を震わせながら、ガデスは呻いた。

そこから形勢逆転して彼は果敢に攻撃を再開し、キラルの腰を捕らえると、抉《えぐ》る動きで奥まで攻め込んでくる。

「ガデス、いい、あ、——ッ」

その強靱な猛々しさが、もっと欲しくてたまらない。

キラルは彼の首にすがりついて、もはや言葉にならない声をあげながら、下から打ち込まれる男の強さに、目もくらむような快楽を味わわされた。

◆

六日間は短いようで長かった。

互いの知らない場所を探り合い、隠していた秘密をさらけ出し、分かち合える歓びを見つけて満たし合う。共同作業を続けるうちに理解は深まり、互いに向ける顔には素直な表情が浮かぶようになる。

ほんの数日前までは触れることさえ避けていたとは思えないほど、キラルにとって、ガデスとの交わりは快いものだった。

浴室で寝室で、あらゆるかたちで繋がり合い、どこまで高まるのかわからない快楽を追求するのに協力し合った。

意外なことに、最も楽しかったのは会話だ。

肌をくっつけていると、なにも隠さなくていいという安心感があるからか、それぞれの口からぽろぽろと素直な言葉がこぼれ出る。

「百日も待つ必要はなかったんだ」

明日から職務に戻るガデスの厚い胸板にもたれて、キラルは呟く。

「おまえがくちづけさえすれば、すぐにも変化していただろうに」

「まったくだ。勇気がなかった自分がうらめしい」

キラルの髪を撫で、キラルの美貌をうっとりと見つめながら、ガデスは恥じ入るように笑った。

強い男が自らの弱さを素直に認める様子は、キラルの胸にいとおしいとしか言いようのない感情をかき立てる。

「なりに似合わぬ弱気なことを言う」

「恋ってそういうものだろう。愛する人が相手では弱気にもなる」

身を乗り出したキラルは、自嘲の呟きを洩らす唇にくちづけしてから、男をそそのかすように微笑んだ。

「その恋心には、いつ気がついたんだ。十五歳の私が『ありがとう』と言ったとき?」

発情前夜、意識朦朧《もうろう》とする中で自らがした告白を覚えているのか、彼は困惑の表情になりながら言い訳の言葉を探す。

「確かにあれがきっかけで、おまえを特別に意識し始めたが、あの頃はまだ『好き』っていうくらいだっただろうな」

「それなら、愛しているって気がついたのは?」

追いつめるキラルから逃げようとせず、ガデスはまじめに答えを返そうとする。

男らしい見た目だけでなく、彼の潔さや信頼に値する人柄にも自分は惹《ひ》かれているのだと、キラルは改めて思う。

「『結婚しよう』って、言葉にしたら、それが自分の望みだとわかった。――指一本触れられなくてもかまわなかったんだ。本当にかたちだけでも、キラルが俺のものになったと思わせてくれたら、それだけでよかった」

「おまえがよくても、私は満足できなかった」

キラルが口を開くと、裸体の下に敷いたガデスの身体がわずかにこわばる。

そのあとに、なんと続けられるのか。冷ややかな否定の言葉が発せられても、受けとめる覚悟をしているのかもしれない。

キラルは緊張した男の体躯の感触を充分に愉《たの》しんでから、美しい唇に笑みを浮かべて、甘く囁く。

「私が愛していると気がついたのは、くちづけをしたときだ。――ガデス、おまえに変えられたかった。おまえに触れられるのを待っていた」

胸の上に乗りあげたキラルのしなやかな裸体を抱きすくめるうち、ガデスの猛々しさが再び勢いを取り戻す。

「俺は自惚《うぬぼ》れていいのか？」

「今さら、なにを言う」

寝台に横たえられて、のしかかってくる広い背中に腕をまわす。そしてキラルは、最後になるかもしれない交情を楽しむことにする。

「私は一族のほかの者とは身体の造りも機能も異なっているようだから、発情期の周期も、いったいどうなるのかわからない。もしかしたら一生に一度きりで、これで終わりかもしれない」

いささか硬い表情で告白したキラルを、ガデスはおおらかな笑みで包み込む。

「それでもかまわない。この七日間が一生分でもいい。絶対に忘れないから」

くちづけから始めて体温を分かち合いながら、キラルは今頃になって、他者を受け入れられるようになっている己の変化を実感する。

頑なな心を捨て去って、素直に愛を交わす行為が、自分にも許されていることを。

愛する男が施す情熱的な愛撫に、我を忘れて喘ぎながら、キラルは生まれて初めて味わう解放感に満たされていた。

◆

「ガデス、来い」

ヴェールをかぶり直して身をひるがえし、キラルが背後に声をかけると、テーブル席の二人も、中庭に出現した人影に気がついたらしい。

「叔父上！」

叫んだカイルは慌てて席を立つと、椅子に座ったままのリュリの頭を抱き寄せる。

「父上とのご歓談はおすみでしょうか。叔父上は、居間のほうからおいでになると思って、お待ちしていたのですが」

「ああ、厩舎を見せてもらったら、その先の森から新婚夫婦の中庭に行けると聞いてな。ついでに散歩してきた」

「なにが散歩だ。どこのどなたの館だろうと、我が物顔で歩きまわる。まったく、不作法極まりない男だ」

先に席に戻ったキラルの罵り言葉など聞こえているのかいないのか、ガデスの態度は悠然としたものだ。

「カイル、今日はこれでお暇するが、……なにをしている？」

背中を向ける挙動不審な甥に近づき、その胸元を覗き込もうとして、ガデスはいきなり激しい抵抗に遭う。

「叔父上、見てはなりません！」

「なんだ、どうした？」

呆気にとられたガデスに視線を向けられて、キラルは声をあげて笑う。

「カイル殿は、いとしい新妻をよその男の目に触れさせたくないのだろう。美しく変化したリュリにおまえが見とれるんじゃないかと心配しておいでだ」

キラルが楽しげに告げると、ガデスもあたりに笑い声を響かせた。

「俺が、リュリに？　いやいや、それはありえない。俺にはキラルがいるんだぞ。おまえも妙な心配をするな、カイル」

「……ほら、カイル。変なこと言うから、将軍にも笑われちゃってる」

キラルの位置からは、向かいに座ったリュリの顔も見える。カイルの胸に抱え込まれて、真っ赤に頬を染めている様子が可愛らしい。

カイルはといえば、遠慮なく笑うガデスに肩を叩かれ、むきになって反論を試みる。

「ありえないかどうかはわかりませんよ、リュリはもう叔父上がご存じの、以前の子供のままではないのですから！」

「いいや、おまえの妻がどれほどの美人になろうとも、俺にはまったく関係のないことだ。誓って言うが、俺は生涯、キラル以外の誰にも見とれたりはしない」

ガデスの自信満々な言いように、キラルはひそかに眉根を寄せた。話が変な方向にそれるのは避けたかったので、素早く席から立ちあがり、扉に向かう。

「私と結婚した以上、そんなのは当然だ。つまらん自慢をするな、ガデス。帰るぞ」

尊大な妻に命令されて、ガデスは新婚夫婦のもとを離れた。

そして「仰せのままに」と、歩み寄ったキラルに、うやうやしく手を差し伸べる。

「――おい、気安く触れるな」

腰に腕をまわされて、キラルは邪険に払いのける。

愛する夫に対してそんな態度をとるなんて信じられないと言いたげに、リュリがカイルに囁いた。

「ほらね。あの二人、全然仲よさそうじゃないでしょ」

内緒話を聞きつけたキラルは、冷ややかな声で、若い二人に祝福の言葉を残す。

「リュリはカイル殿が私を見るのをいやがったし、カイル殿もそっくり同じ真似をする。似た者同士の結婚生活は幸せそうで、実にうらやましいことだ」

「確かに。この二人なら、俺たちみたいに結婚から七年経っても倦怠期《けんたいき》なんてことはなく、今と変わらず仲よくしていそうだな」

――なにが倦怠期だ。

中庭を立ち去りながら、キラルは思いきり夫をにらむ。

ガデスに対するキラルの容赦ない態度は結婚式の当日から、すでに始まっている。

昨日今日のことではないし、ましてや倦怠期などという時期限定のものでもない。結婚生活の最初から現在に至るまでの標準の関係がこうなのだ。

けれども新婚夫婦にわざわざ解説し、好奇心を満たしてやる必要などなかろうと、キラルはガデスを引き連れて、公爵家をあとにする。

襟の高い深紫の天鵞絨《ビロード》のマントに全身を包み、顔もヴェールの下に隠したキラルの姿は、端から見ても近寄りがたい神秘に満ちていることだろう。

冷え冷えとした空気を纏った態度を崩さず、馬車に乗り込む際にもガデスの手を借りることなく、腰を下ろした座席でも彼との距離を空けている。

そして馬車が将軍家の館に到着すると、キラルはガデスを待たず、先に急ぎ足で自室に向かう。

ガデスは昇進すると共に宮廷近くに新たな館を賜っていて、召使いの数も増えている。

それがキラルにとっては少々、悩みの種になっていた。

二人のやりとりを目にするたびに、召使いたちは、夫婦の不仲を疑うかもしれない。

――別に、仲が悪いわけではない。ただ、怒っているだけだ。

何度言っても懲《こ》りずに、外出先で身体に触れてくるガデスに。

そして、服を着ている状態でも、彼に触れられただけでたやすく反応してしまう、己の肉体に腹を立てている。

ガデスがあとに続いて寝室に入り、扉を閉めると、キラルはヴェールを取り去った。

怒りの形相を彼に向けながら、マントも床に脱ぎ捨てる。

眦《まなじり》を吊《つ》りあげた険しい表情は、キラルの美貌を際立たせていた。

顔を縁取る銀髪は淡く輝き、潤みを帯びた紫色の瞳は貴重な宝石さながらの光を放つ。

そして肌の上にもまた、真珠色の光沢が浮かびあがっている。

成人したルルフォイの身に、銀と紫は髪と目の色として定着するが、実は肌の真珠色は発情期のみの特徴なのだ。

身の内から湧く炎に煽《あお》られて、体温が上昇したときだけ、こうなる。

ここまであからさまな変化が起こる身体を持つと、ヴェールで顔を隠さなければ、とても外は出歩けない。

キラルは、ルルフォイの末裔の中では、異端ともいえる肉体を持って生まれた。けれども造りだけでなく、その機能に関しても、一族の通例からは、いささかはみ出した感がある。

かつては生涯に一度しか発情しなかったという、きわめて淡泊なはずのルルフォイにあるまじきことに、ガデスに触れられただけで欲望をかき立てられてしまうのだ。

その疼きを抑えようとするとき、彼に対して険悪な態度をとらずにいられない。

「キラル」

「……おまえのせいだ」

懊悩《おうのう》する紫の瞳をまっすぐに受けとめて、ガデスはキラルに近づくと、遠慮もなしに腕の中に抱き寄せる。

「おまえのような欲望が強い男を伴侶にしたせいで、私までもが、これほど慎みのない身体にさせられた」

そんなふうになじってみても、もう七年も連れ添っているだけあって、彼はキラルの抗議を封じ込める方法を、すっかり会得しているところが腹立たしい。

「ああ、俺のせいだ」

——実際のところは、彼のせいばかりとも言えない。

そのことを、キラル自身もわかっているのだが。

新生活を始めた当初は、二人共にぎこちない弱さを見せ合いもした。けれど、七年をかけて鍛え合った今では、絆《きずな》も互いの精神も、ずいぶん強くなっていると思う。

ガデスは出世していくにつれ、その地位にふさわしい威厳と必要なふてぶてしさを身につけた。そしてキラルのほうも、彼の重圧を分かち合い、相談に乗って問題を解決し、弱音を聞いたら叱咤して、支える逞しさをその身に備えた。

キラルは今の、この関係が好きだ。いっそう強靭さを増した伴侶のことも愛している。でも、すっかり鏡のような存在になったガデスには、心の中まで覚られてしまっているから、ときには反発してみたくなるのも仕方ないだろう。

もっとも、彼も同じだけ深く自分を愛していると、キラルも知っているからこそ、できることだが。

ガデスは雄々しい笑みを浮かべた唇をキラルの髪にすりつけて、わざと焦らすように言い出す。

「そのうち奥方の怒りを買って、しばらく頭を冷やしてこいと、海の向こうに追い出されるかもしれないな」

太い声で甘く囁かれるうちにたまらなくなり、キラルは自分から逞しい胴に腕をまわして、彼を見あげる。

「馬鹿。海外遠征任務に就くのは許さないからな。おまえとそれほど遠くに離れたら、我慢できなくて気が狂う」

すがりついて言うと、「俺だって我慢できない」とガデスは真剣な表情になって言い、貪る勢いで唇を奪いにかかる。

穏やかなあたたかさを醸し出すことがない分、強烈な冷たさと熱さの間を行き来するのが二人の関係だった。

そういえば、ガデスとキラルの仲は悪そうだと新婚夫婦に心配されていた。思い出したらおかしくなって、くちづけから解放された唇で笑いを洩らす。

「……なにを笑っている？」

「いや、公爵家でリュリに言われたが、私とおまえはいつでもケンカをしているみたいに見えるそうだ」

「これもケンカの一種か？」

上着を脱ぎ捨てたガデスは、銀色のチュニックの裾をまくりあげながら、とぼけたことを言い、キラルをひとしきり笑わせる。

「そういえば、俺もカイルに訊かれた。自分がリュリを海の外の世界に連れていきたいと思うように、キラルに海を見せたいと思ったことはないのかと。──見たいか？」

「私が海に焦がれたのは一度きり、あの二年の間だけだ。おまえが、私の手の届かない、遠いところへ行っていたから」

壁に背中を押しつけられて片脚を抱えられ、服を剥ぎとられながら、キラルは潤んだ瞳で男を見つめる。

「だから、もう二度と海の彼方を思ったりはしない」

おまえとここにいられるのなら、と言い終わらないうちに、キラルの唇は再び、情熱的なくちづけでふさがれた。

──もう、遠い世界を夢見たりはしないし、自由を欲しがるつもりもない。

すでに、ここにとどまりたいと願う場所を見つけている。

この世の中にたった一人の、自分を変えることができる男の腕に抱かれている。それだけで充分だ。

キラルの望むすべては、この腕の中にあるから。

あとがき

こんにちは。もしくは初めまして、神楽日夏《かぐらひなつ》と申します。

このたびはガッシュ文庫での三冊目の本になりました『くちづけで世界は変わる』に、おつきあいいただきまして、どうもありがとうございます。

今までに出た本の中で一番タイトル長いですよ……。

当初は『発情前夜』なんてタイトルを考えていたのですが、やっぱり「発情」よりも「くちづけ」のほうがロマンティックですよね。

内容もロマンティックラブラブです。ただ一人の運命の相手と恋に落ちたら、姿が変わって発情期に突入！　その前にドレス着て結婚式を挙げたりもしていますが……。

そういうわけで内容は新婚さん物です。ナチュラルに夫婦物。

貴族物でもありますし、現実とはかなりかけ離れた世界を舞台にしていますが、ファンタジーというよりもおとぎ話ですね、これは。

四人の恋物語をお気軽に楽しんでいただければ幸いです。

それにしても、このお話を書いていて、自分の創作の基本を思い出しました。

私がなにより書きたいもの、それは「いちゃいちゃ」。

このお話では、勘違いっ子のリュリと暴走王子様なカイル、ツンデレキラルとへたれガデスという二通りの恋人たちの、そういうラブシーンが書けて大変楽しかったです。

設定が妙なので、読者の方に受け入れていただけるのかどうかが心配でもありますが。

書かせてくださった担当様をはじめとして、文庫の制作に携わってくださった、すべての方々に感謝を。

イラストのみなみ遥先生も、本当にありがとうございました。

みなみ先生が描いて下さったリュリの愛らしいことといったら！　もう、桃のようなプリティさです。カイルでなくても独占欲に身悶えます。クールビューティなキラルは洋梨でしょうか。どちらも甘い香りを漂わせて、攻めたちを虜にするがいいのです！

――そんな萌えを滾らせつつ、ラブラブてんこ盛りにしてみたお話ですが、読んでくださった方にも、なにか楽しんでいただけるところがあればうれしいです。

神楽日夏

【DEAD CODE】http://www.medulla.jp/dc

・皆様こんにちは、
みなみ遥です ・
この度はめちゃくちゃ萌え&ラブ
なステキな作品の挿絵を描かせて
頂きましてありがとうございました♡♡
たのしいお仕事でした♪
神楽先生・ガッシュ編集部さま、
ありがとうございます♥
2010.07.
みなみ遥

KAIOHSHA ガッシュ文庫

くちづけで世界は変わる—Lully—
（書き下ろし）
くちづけで世界は変わる—Chiral—
（書き下ろし）

くちづけで世界は変わる
2010年9月10日初版第一刷発行

著　者■神楽日夏
発行人■角谷　治
発行所■株式会社 海王社
〒102-8405
東京都千代田区一番町29-6
TEL.03(3222)5119(編集部)
TEL.03(3222)3744(出版営業部)
www.kaiohsha.com
印　刷■図書印刷株式会社
ISBN978-4-7964-0077-0

神楽日夏先生・みなみ遥先生へのご感想・ファンレターは
〒102-8405 東京都千代田区一番町29-6
(株)海王社 ガッシュ文庫編集部気付でお送り下さい。

ガッシュ文庫

小説原稿募集のおしらせ

ガッシュ文庫では、小説作家を募集しています。
プロ・アマ問わず、やる気のある方のエンターテインメント作品を
お待ちしております！

応募の決まり

[応募資格]

商業誌未発表のオリジナルボーイズラブ作品であれば制限はありません。
他社でデビューしている方でもＯＫです。

[枚数・書式]

40字×30行で30枚以上40枚以内。手書き・感熱紙は不可です。
原稿はすべて縦書きにして下さい。また本文の前に800字以内で、
作品の内容が最後まで分かるあらすじをつけて下さい。

[注意]

・原稿はクリップなどで右上を綴じ、各ページに通し番号を入れて下さい。
また、次の事項を１枚目に明記して下さい。

タイトル、総枚数、投稿日、ペンネーム、本名、住所、電話番号、職業・学校名、年齢、投稿・受賞歴（※商業誌で作品を発表した経験のある方は、その旨を書き添えて下さい）

・他社へ投稿されて、まだ評価の出ていない作品の応募（二重投稿）はお断りします。

・原稿は返却いたしませんので、必要な方はコピーをとって下さい。

・締め切りは特別に定めません。採用の方にのみ、３カ月以内に編集部から連絡を差し上げます。また、有望な方には担当がつき、デビューまでご指導いたします。

・原則として批評文はお送りいたしません。

・選考についての電話でのお問い合わせは受付できませんので、ご遠慮下さい。

※応募された方の個人情報は厳重に管理し、本企画遂行以外の目的に利用することはありません。

宛先

〒102－8405　東京都千代田区一番町29－6
株式会社 海王社　ガッシュ文庫編集部　小説募集係